Bianca

UN HEREDERO INESPERADO
ANNE MATHER

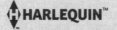
HARLEQUIN™

Editado por Harlequin Ibérica.
Una división de HarperCollins Ibérica, S.A.
Núñez de Balboa, 56
28001 Madrid

I.S.B.N.: 978-84-9170-587-1
Depósito legal: M-33520-2017
Impresión en CPI (Barcelona)
Fecha impresion para Argentina: 20.8.18
Distribuidor exclusivo para España: LOGISTA
Distribuidores para México: CODIPLYRSA y Despacho Flores
Distribuidores para Argentina: Interior, DGP, S.A. Alvarado 2118.
Cap. Fed./Buenos Aires y Gran Buenos Aires, VACCARO HNOS.

Capítulo 1

HACÍA un calor insoportable.

Matt Novak se revolvió en la hamaca que su madre había hecho instalar bajo una sombra en el patio. Tenía los pantalones cortos y el polo empapados en sudor, pero pensaba ir al gimnasio más tarde. No aguantaba la inactividad.

Frente a él, el sol brillaba sobre el agua del canal que lamía la pared del rompeolas. Ni siquiera las gafas lo protegían de los destellos que centelleaban en la bahía.

Junto al patio había una higuera cuyas ramas retorcidas apenas se percibían bajo la densa copa. El pequeño velero de su padre se mecía apaciblemente en el embarcadero. Matt podía percibir el olor a humedad de la vegetación que crecía en la ría y el inconfundible aroma del mar.

La atmósfera era de una hermosa tranquilidad, pero Matt estaba hastiado de que lo trataran como a un inválido. Inicialmente, le había resultado agradable que atendieran todas sus necesidades, pero con el paso de los días su madre había acabado por sacarlo de quicio. Censuraba que Matt fuera al gimnasio porque no quería admitir que se encontraba mucho mejor.

La misma razón por la que se negaba a devolverle el ordenador.

Cuando en el hospital de Caracas se lo habían confiscado junto con el teléfono, no le había importado. La fiebre tropical que lo había atacado durante su viaje por Venezuela lo había dejado exhausto, y había necesitado concentrar toda su energía en superarla. Pero su madre no quería aceptar que ya estaba bien y estaba empeñada en retenerlo en Coral Gables.

Lo único que enturbiaba su felicidad era que su marido, el padre de Matt, hubiera abandonado temporalmente su retiro para reemplazarlo en su puesto de director general en la oficina de Nueva York de Novak Oil Exploration and Shipping. NovCo.

Matt frunció el ceño. Que su padre lo sustituyera no le importaba porque ya antes de los últimos acontecimientos había decidido que no quería pasar el resto de su vida dirigiendo la empresa, aunque todavía le quedara convencer de ello a sus padres.

Pero había otro tema que lo irritaba: el hecho de que Joanna, la esposa de la que estaba separado y que vivía en Londres, no hubiera contestado a ninguno de los correos que le había pedido a su madre que le escribiera.

Una cosa era que pudiera comprender que siguiera enfadada con él. Pero ¿realmente le daba lo mismo que estuviera vivo o muerto? Y como se había cambiado de número de teléfono, ni siquiera podía llamarla.

Solo le había quedado la opción de localizarla en la galería en la que trabajaba, pero Matt no quería tener que hablar con David Bellamy. Por eso pensaba ir a Londres la semana siguiente para hablar con ella en persona.

El ruido del motor de un coche rompió el silencio que lo rodeaba.

Matt se tensó, pensando que sería una de las visitas que recibía su madre. Pero entonces recordó que su hermana, Sophie, que pasaba unos días con ellos, había ido a llevar a una amiga al aeropuerto. Sin embargo, cuando oyó pasos de dos personas sobre la gravilla del camino de acceso, cruzó los dedos para que no hubiera vuelto con otra de sus amigas.

Matt estaba harto de que madre y su hermana le presentaran mujeres para ayudarlo a olvidar a Joanna. Aunque estuvieran pasando una crisis, seguían estando casados y Matt confiaba en que acabarían por superarla.

Pero no se trataba de una amiga de Sophie... O al menos no directamente.

La mujer que seguía a su hermana le era extremadamente familiar. Alta y delgada, con una figura escultural que enfatizaban una blusa de seda y una falda con vuelo que le quedaba por encima de las rodillas, estaba espectacular. La melena rubia le llegaba hasta los hombros y sus ojos violetas se clavaron en los de él.

La última vez que había visto a su esposa había sido nueve meses antes, en el funeral del padre de esta, aunque ella no supo que había acudido. Con anterioridad, había sido cuando Joanna abandonó el apartamento de Londres diciéndole que no quería volver a verlo.

Y, sin embargo, estaba allí. ¡Aleluya!

Matt pensó que Sophie parecía nerviosa.

–Mira a quién me he encontrado en el aeropuerto –dijo, forzando un tono artificialmente animado.

Matt se puso en pie.

Por su parte, Joanna estaba agitada. No tenía planeado ir a la casa de los padres de Matt. Aunque su intención fuera hablar con su marido, había reservado una habitación en un hotel de Miami Beach, donde había confiado en cenar con él aquella noche. No había tenido la menor intención de presentarse allí sin previo aviso.

Hasta que Sophie le había dicho que Matt había estado gravemente enfermo.

Cuando tomó el vuelo aquella mañana en Nueva York, no tenía la seguridad de encontrar a su marido en Miami. Solo sabía que no estaba ni en Londres, ni en su despacho de Nueva York.

En este último le habían informado de que Oliver Novak, su padre, había vuelto a tomar el mando de la compañía. Y aunque a Joanna le extrañó, puesto que se había retirado dos años antes, y tuvo la seguridad de que algo serio debía de haber sucedido para que se reincorporara al trabajo, no se le había ocurrido que la crisis estuviera relacionada con Matt.

Como no había querido implicar a su suegro en un asunto que solo le afectaba a su marido, se había marchado sin hablar con él y había tomado la decisión de ir a Miami. Necesitaba enfrentarse a Matt y averiguar por qué no estaba contestando sus mensajes.

Joanna temía por encima de todo el encuentro con su madre. Adrienne Novak nunca la había apreciado, y Joanna estaba segura de que habría recibido encantada la noticia de su separación. Nunca la había considerado bastante buena como para su hijo, y había aprovechado cualquier oportunidad para crear problemas entre ellos.

Lo peor había sido cuando Matt y ella habían tratado infructuosamente tener un hijo, y Adrienne se había encargado de dejarle claro que Matt, como único varón de los Novak, quería un heredero. Y si ella no se lo daba...

Adrienne había dejado la frase en el aire, pero Joanna no había necesitado que la concluyera.

Había sido una extraordinaria casualidad que Joanna

se encontrara con la hermana de Matt en el aeropuerto. Sophie y ella eran amigas desde que habían coincidido en Nueva York. Sophie era mayor que Matt y no se parecía en nada a su madre. De hecho, aun cuando su propio matrimonio, maquinado por su madre, estaba naufragando, había sido un gran apoyo para Joanna cuando la imposibilidad de quedarse embarazada la sumió en una depresión.

Al saber que Joanna había ido a ver a Matt, la había invitado a ir con ella a la casa. Joanna vaciló y le explicó que tenía una reserva en un hotel, pero entonces Sophie dijo algo que le hizo aceptar su invitación.

«Matt está prácticamente recuperado y le alegrará verte», comentó como si Joanna supiera de qué estaba hablando. «Ya conoces a mamá. Aunque la fiebre ya ha pasado, intenta retenerlo lo más posible».

A Joanna le había alarmado enterarse de que su marido había padecido una grave enfermedad tropical que había contraído en Sudamérica, y le irritó que nadie se hubiera puesto en contacto con ella para informarla.

Cuando Sophie insistió en que Matt no querría que se alojara en un hotel, Joanna se preguntó qué habría contado Matt a su familia sobre su separación y confió en que les hubiera explicado por qué estaba intentando dar con él, aunque temía que no fuera así.

En cuanto a Sophie, parecía convencida de que su cuñada estaba allí para reconciliarse.

«Sé que Matt y tú habéis tenido problemas, pero estoy segura de que os habréis dado cuenta de que os necesitáis. Matt ha estado muy desanimado desde que volvió de Venezuela».

Joanna se dijo que su estado de ánimo no tenía nada que ver con ella, sino con su enfermedad, pero no quiso contradecir a Sophie. Y había decidido que lo mejor sería enfrentarse lo antes posible a la situación.

Los ojos de Matt estaban ocultos tras unas gafas de sol, y Joanna se dio cuenta de que había perdido peso. Aun así, a sus treinta y ocho años, seguía atrayendo las miradas de todas las mujeres. Para Joanna, siempre había sido el hombre más atractivo del mundo.

Pero no estaba allí por ese motivo, se dijo. Y tuvo la seguridad de que sí había leído sus mensajes. No podía haber estado tan enfermo como para no poder ver su correo.

A pesar de la pérdida de peso, parecía razonablemente en forma. Y estaba tan perturbadoramente guapo como siempre. Había algo sensual en su taciturno semblante que siempre le había resultado irresistible. En aquel momento, a su pesar, descubrió que eso no había cambiado.

Quizá habría quien considerara que las cuencas de sus ojos eran demasiado profundas, o que sus labios eran demasiado finos, pero ella no estaba de acuerdo. Matt era pura sensualidad. Por eso mismo había preferido escribirle y había confiado en que no se opusiera a su petición de divorcio. Había querido evitar verlo porque sabía hasta qué punto era todavía vulnerable a sus encantos.

Aunque la enfureciera, su respiración se agitó en cuanto Matt se aproximó a ella. «No me toques», pensó en estado de pánico. Y tuvo el impulso de salir corriendo.

—Jo —dijo él, quitándose las gafas. Su profunda voz fue como papel de lija para los sensibilizados nervios de Joanna—. Qué amable eres viniendo a verme.

Joanna no supo si hablaba con sarcasmo, pero hizo como que no veía que le tendía la mano. No quería que notara que le temblaba el pulso, ni el calor que la asaltaba al tenerlo tan cerca.

—Sophie me ha dicho que has estado enfermo —dijo precipitadamente—. Lo siento. ¿Te encuentras mejor?

Matt bajó la mano y la miró desconcertado. Era evidente que no sabía que nadie le había contado nada de su enfermedad.

—Me extraña que hayas tardado tanto en venir —dijo él.

Intuyendo que había un malentendido, Sophie intervino.

—Me he encontrado con Joanna en el aeropuerto. Acababa de llegar de Nueva York y se iba al hotel, pero le he convencido de que viniera conmigo.

—¿Ah, sí? —dijo él, clavando la mirada en Joanna—. ¿Por qué ibas a alojarte en un hotel?

—Me parecía lo mejor —dijo ella, intentando sonar lo más natural posible—. Después de todo, esta es la casa de tus padres y no he avisado a nadie de que venía.

—Pero supongo que has recibido los mensajes de mi madre —dijo Matt, impacientándose—. La verdad es que esperaba una reacción por tu parte más... ¿compasiva?

En ese momento Sophie decidió que convenía dejarlos solos y fue lo que hizo, despidiéndose con un gesto de la mano y un «hasta luego».

Pero la desaparición de su cuñada elevó la tensión entre ellos y Joanna retrocedió un paso. ¿A qué correos se refería? Evidentemente, no a los que ella había mandado.

Sacudió la cabeza y dijo:

—Aunque no lo creas, no sabía nada de tu enfermedad. Si no, me habría puesto en contacto antes contigo. He venido solo porque, al no encontrarte en Nueva York, pensé que podrías estar aquí.

–¿No te lo contó mi padre? –preguntó Matt. Pero se dio cuenta de que si su padre hubiera visto a Joanna, se lo habría dicho.

–No quise hablar con él –dijo Joanna, ansiosa–. Quería hablar contigo directamente.

–¿Quieres decir que no has sabido nada de mí?

Joanna se cuadró de hombros.

–Así es. ¿Por qué habría de mentirte?

–Eso me pregunto yo.

Joanna se indignó.

–Si te hubieras molestado en leer mis mensajes, sabrías por qué estoy aquí.

–¿Qué mensajes? –preguntó Matt perplejo.

–Esto es absurdo –exclamó Joanna–. Me refiero a la media docena de mensajes que te he mandado las últimas semanas –lo miró fijamente–. No puedo creer que no hayas leído ninguno.

–Pues créelo –dijo él, sosteniéndole la mirada–. Primero estuve en el hospital, tanto en Caracas como en Miami. Y luego he dejado que mi madre se ocupe de la correspondencia.

«Eso lo explica todo», pensó Joanna con amargura. «¡Qué oportunidad de oro había tenido Adrienne para enemistarlos un poco más! Como si no hubiera ya suficientes motivos...»

–Por eso mi padre está en Nueva York –explicó Matt–. En cuanto supo que tenía que pasar un tiempo de reposo, quiso sustituirme. Sospecho que se aburría y quería tomar el mando.

Joanna pensó que esa era una característica común con su hijo. Pero cuando Oliver Novak sufrió un leve infarto, dos años antes, los médicos le habían aconsejado que se retirara.

Entonces Matt lo había reemplazado, pero como Joanna no quería dejar solo a su padre, al que le habían diagnosticado un cáncer de pulmón, Matt había accedido a dividir su tiempo entre las oficinas de Nueva York y de Londres.

Esa decisión se había convertido en una navaja de doble filo, aunque Joanna no fuera consciente de ello hasta más tarde. La relación entre ellos ya estaba tensa por la dificultad de concebir y su negativa a discutir sus sentimientos con Matt. Oír que salía a cenar y de copas con sus inversores, tanto masculinos como femeninos, no había contribuido a mejorar las cosas.

Era parte de su trabajo y en el pasado no le había importado. Pero por entonces creía que Matt la amaba, y confiaba en él. Sin embargo, no quedarse embarazada le había hecho más vulnerable de lo que lo había sido nunca.

—No tenía ni idea de nada —dijo con firmeza—. ¿Acaso crees que no tengo sentimientos?

Lo que no comprendía era que Adrienne no hubiera pasado sus mensajes a Matt.

Eso no cambiaba la razón de su visita. Quería el divorcio. Tan sencillo y tan complicado como eso. Sencillo porque todo lo que hacía falta era que Matt accediera. Complicado porque cuando su padre vendió su pequeña compañía a Novak Corporation, Matt la había convertido en accionista de NovCo, lo que dificultaba el proceso legalmente.

En ese momento, lamentó no haber seguido el consejo de David Bellamy, su jefe en la galería en la que trabajaba cuando conoció a Matt, y a la que había vuelto. David le había aconsejado que se comunicara con él a través de sus abogados. A David nunca le había gustado Matt. Según él, los hombres como Matthew Novak estaban acostumbrados a que las mujeres cayeran rendidas a sus pies, y había tenido la seguridad de que su matrimonio no duraría.

Y había estado en lo cierto.

«Sabes que cree que puede convencerte de lo que quiera», había dicho en más de una ocasión. «Y si cree que tu decisión tiene algo que ver conmigo, se enfurecerá. ¿Quieres darle la oportunidad de hacerte cambiar de idea?».

«No lo conseguiría», había contestado ella, sintiéndose segura en la distancia.

Y estaba segura de su decisión. Solo tenía que pensar en su padre y el sufrimiento que había padecido durante su enfermedad para saber que no había vuelta atrás.

Aunque hubieran pasado ya meses y su padre estuviera muerto, no había disminuido la amargura que sentía hacia Matt. Incluso se había convencido de que su amor nunca había sido real. Se sentía independiente y quería seguir siéndolo.

Por eso necesitaba el divorcio.

Sin embargo, no estaba preparada para enterarse de que Matt había estado enfermo. En cuanto Sophie se lo había dicho, se había dado cuenta de que sus sentimientos eran mucho menos claros de lo que creía.

Había estado segura de que era inmune a Matt, de que podría verlo y hablar con él sin sentir la fuerza de la atracción que la había dominado en el pasado.

Pero una vez más, se había equivocado.

Capítulo 2

ESO SIGNIFICABA que se arrepentía? No, se dijo Joanna. Solo reaccionaba así por la atracción sexual que Matt despertaba en ella; no porque siguiera sintiendo algo por él.

Matt la observaba, evidentemente tan confuso como ella. Indicó una silla con la mano.

–¿Por qué no te sientas y tomamos algo? Si no has venido a asegurarte de que aún estoy vivo, ¿qué te ha traído por aquí?

Joanna vaciló, pero dadas las circunstancias, pensó que no le quedaba elección.

–De acuerdo –dijo.

Matt chasqueó los dedos y apareció un miembro del servicio, a quien ordenó llevarles café y té helado. Luego sugirió a Joanna que se sentara en la silla que estaba junto a la hamaca de la que él se había levantado. Ella, a pesar de que hubiera preferido sentarse más lejos, se resignó y la aceptó. Entonces Matt se sentó a su vez, bajó el reposapiés y se giró hacia ella de manera que sus rodillas prácticamente rozaban las de ella.

Estaban solos. Joanna dejó el bolso en el suelo y se retiró un mechón de cabello detrás de la oreja. El viaje en el descapotable de Sophie la había despeinado, y le irritó no tener un peine consigo.

Su gesto hizo pensar a Matt automáticamente en lo sedoso que era su cabello y en la suavidad de su piel.

Llevaban mucho tiempo sin verse y estaba ansioso por decirle que, a pesar de lo que había sucedido entre ellos, lamentaba haber pasado tanto tiempo separados.

¿Pero estaría más dispuesta a oírle que en el pasado?

Por su parte, Joanna se arrepentía de haber aceptado la invitación de Sophie. Si hubiera llamado por teléfono se habría enterado igualmente de que Matt había estado enfermo, pero habría podido esperar al día siguiente para verlo y se habría sentido mucho más segura si el encuentro se hubiera producido en el hotel.

Matt la miró inquisitivamente y dijo:

–¿Debo asumir que no me has perdonado?

Joanna apretó los labios. La pregunta la había tomado por sorpresa.

–¿Creías que te perdonaría?

–Han pasado nueve meses desde la muerte de tu padre –dijo Matt–. Lamento lo que sucedió, pero no fue culpa mía.

–Eso dices –dijo ella, mirándolo con frialdad–. Lo cierto es que mi padre confiaba en ti.

–Y yo en él –dijo Matt con una aspereza que no pudo reprimir–. Lo que demuestra que fui un ingenuo. Angus Carlyle no confiaba en nadie. Hasta tu madre lo sabía.

–No metas a mi madre en esto –dijo Joanna secamente–. No es precisamente un buen modelo. Tuvo una aventura con otro hombre.

–Cuando se separó de tu padre. Glenys conoció a Lionel Ivory después de haber pedido el divorcio –apuntó Matt–. Espero que la hayas perdonado.

–Mi relación con mi madre no es asunto tuyo.

–No –admitió Matt–. Pero Angus era un hombre

celoso, Jo, y no soportaba que ella fuera feliz. Como no soportaba que estuvieras casada conmigo.

—¡Eso no es verdad!

—Claro que lo es. Eras su niñita y te quería para él. Sospecho que solo te dejó trabajar en la galería de Bellamy porque no sabía que estaba enamorado de ti.

Joanna lo miró boquiabierta.

—¡David no está enamorado de mí!

Matt se encogió de hombros y suspiró. Luego acarició los nudillos de la mano de Joanna sensualmente y dijo:

—No hablemos de Bellamy ni de tu padre, Jo. Prefiero hablar del futuro.

Joanna apartó la mano bruscamente.

—No tenemos futuro —dijo airada—. Lo sabes perfectamente.

El rostro de Matt se ensombreció.

—No estoy de acuerdo —dijo con amargura—. A no ser que consientas que las mentiras de tu padre destrocen tu vida.

—Mi padre no me mintió —dijo ella en tensión—. Me dijo la verdad.

—La suya —Matt la miró con expresión de cansancio—. Te amo, Jo. Dime qué debo hacer para recomponer nuestra relación.

Joanna tuvo que esforzarse para retirar la mirada.

—No es a eso a lo que he venido.

Matt frunció los labios.

—Eso me temía.

—Entonces serás consciente de que...

Pero Joanna no pudo terminar la frase. Antes de que pudiera decirle que estaba allí para pedirle el divorcio, apareció el hombre al que Matt había pedido la bebida... Y tras él, una mujer madura, vestida con pantalones y un blusón a juego de seda gris.

–Matt –dijo en tono de desaprobación–. Aaron me dice que tienes visita. ¿Es alguien que ha venido con Sophie?

En ese momento vio a Joanna y apretó los labios con gesto de enfado.

–¿Qué haces aquí? –preguntó airada.

Un par de horas más tarde, Joanna se miraba en el espejo del cuarto de baño de uno de los dormitorios de invitados.

¿Cómo se había metido en aquel lío? Se había dicho que no permanecería en la casa más que lo imprescindible y sin embargo había aceptado quedarse a cenar con la familia. En otras palabras: estaba a punto de pasar una velada tratando de evitar la hostilidad de Adrienne y el magnetismo de Matt.

Afortunadamente, solo sería una cena. Había rechazado la invitación de Matt para instalarse en la villa, diciéndole que tenía una reserva en el hotel Corcovado. De otra manera, sabía que Matt habría sido capaz de proponer que se instalara en su dormitorio.

La idea hizo que Joanna se estremeciera, aunque prefirió pensar que el escalofrío se debía a cómo había reaccionado la madre de Matt al verla. Era evidente que no se le había pasado por la cabeza la posibilidad de que fuera a Miami a buscarlo. Y la situación había empeorado cuando Matt la acusó de entrometerse. «Tengo entendido que Joanna ha intentado ponerse en contacto conmigo», había dicho enfadado. «¿Cuándo pensabas decírmelo?»

Al no obtener respuesta continuó: «¿Y qué hay de los mensajes que te pedí que le escribieras? Supongo que tampoco los mandaste».

«¡No seas sarcástico!» había contestado Adrienne, roja de ira. «He actuado así por tu bien».

«Por eso has censurado mi correo...»

«Como te he dicho, no pensaba que estuvieras lo bastante fuerte como para ocuparte de los problemas de tu...mujer. Iba a contártelo más adelante. No esperaba que se presentara aquí, sin previo aviso».

Joanna había ahogado una exclamación y se puso en pie para enfrentarse a su suegra.

«No tenía pensado venir, pero Sophie insistió. Fue lo bastante considerada como para decirme que Matt había estado enfermo».

«Como si Matt te importara», había dicho Adrienne despectivamente.

Pero la reacción de Matt la sobresaltó: «¡Basta! Joanna merece que la trates con más respeto».

Joanna dudaba que Adrienne estuviera de acuerdo, pero sabía cuándo dar un paso atrás. Que Matt la defendiera debía haber sido para su suegra un trago amargo, y tuvo la tentación de abrazarse a Matt y fingir que estaba allí porque había decidido perdonarlo.

Pero habría sido una locura. Hasta que le contara por qué estaba allí, debía mantener las distancias si no quería que Matt se hiciera la idea equivocada. Aun así, había sido imposible rechazar su invitación a cenar.

«Pero tengo que cambiarme. ¿Por qué no voy al hotel a registrarme y vuelvo luego?»

«Qué buena idea», se había apresurado a decir Adrienne.

«No digas tonterías», intervino Matt. «Tienes la maleta en el coche de Sophie. Puedes darte una ducha y descansar un rato antes de la cena».

Y allí estaba, preparándose para ir a cenar con la

familia. La imagen que le devolvía el espejo no contribuyó a tranquilizarla. Llevaba un caftán de seda verde que había pensado ponerse al día siguiente con unas mallas, para el viaje de vuelta, pero como hacía demasiado calor para las mallas, llevaba solo el caftán, que dejaba sus piernas demasiado expuestas. Y Joanna estaba segura que Adrienne pensaría que pretendía seducir a Matt, cuando lo último que quería era que Matt pensara que tenía dudas respecto al divorcio.

Y, sin embargo, cuando le había tomado la mano...

Pero no podía flaquear. Estaba segura de que Matt y ella habrían tenido problemas aunque su padre no hubiera intervenido.

Llevaban dos años casados cuando Joanna se había enterado de que Carlyle Construction pasaba por dificultades económicas. Antes de que Angus Carlyle supiera que padecía cáncer había aceptado la ayuda de NovCo para evitar la bancarrota.

Sin embargo, tras la compra, su padre había insistido en que los problemas habían surgido a causa de la crisis económica, aunque Matt le había dicho a ella que se habían producido con anterioridad. Por entonces, Joanna se sentía tan agradecía a Matt por haber apoyado a su padre, que no había cuestionado sus palabras. Le había bastado saber que no estaba arruinado y que Carlyle Construction no tendría que cerrar.

Hasta que se produjo el desastre de la plataforma petrolífera de Alaska.

Llevaban dos años casados cuando Joanna se había enterado de que Carlyle Construction pasaba por dificultades económicas

NovCo había ofrecido comprar la empresa para salvarla de la bancarrota y Angus Carlyle había aceptado. Ya entonces Matt le había dicho que los problemas de la empresa eran anteriores a la crisis económica, contradiciendo la explicación de su padre, pero por aquel entonces, a Joanna solo le había importado saber que su padre, que todavía no había sido diagnosticado de cáncer, estaba a salvo de la ruina.

Hasta que se produjo el accidente en Alaska.

Dos hombres habían muerto y varios habían resultado heridos al producirse un incendio en una plataforma de NovCo. La noticia había sido publicada en periódicos de todo el mundo. Joanna había intentado hablar con Matt para asegurarse de que estaba bien y para que le contara lo sucedido. Pero Matt estaba en Nueva York, reunido con sus asesores, y le prometió que hablarían cuando volviera a Londres.

Cuando Joanna visitó a su padre en el hospital, este le había contado, según él a su pesar, que la verdadera razón por la que Matt no quería hablar con ella era que estaba intentando hacer responsable del accidente a Carlyle Construcción. Le juró que no se lo habría contado de no ser porque sabía que Matt lo había traicionado, y que no quería que su hija lo considerara culpable de algo que no había hecho.

Desafortunadamente, Matt había tardado una semana en volver de Nueva York y había insistido en que le explicaría todo cuando llegara y en que no hablara con nadie sobre el accidente hasta entonces.

Cuando finalmente llegó, ella le había contado lo que su padre le había dicho. Era consciente de que estaba tan enfadada que no había dado la oportunidad a Matt de explicarse, pero su padre estaba agonizando, y no podía soportar la idea de que Matt lo acusara injustamente.

Sus acusaciones habían dejado a Matt de piedra. Él entonces la había dejado boquiabierta al decirle que su padre llevaba años recortando gastos en la empresa porque gastaba en su vida personal más dinero del que tenía. Había añadido que lo que pretendía Angus era adelantarse a la investigación sobre el accidente que inevitablemente tendría lugar y que demostraría que era culpable, pero que no tenía de qué preocuparse porque, para salvar la reputación de su padre, él había convencido a la junta directiva de NovCo de que asumiera la responsabilidad del accidente.

Cuando Joanna le había contado a su padre lo que Matt le había explicado, Angus Carlyle había roto a llorar. Inicialmente, ella había creído que eran lágrimas de agradecimiento, pero luego Angus le había dicho que Matt pretendía engañarla, que sus amigos de Nueva York le habían dicho que las autoridades ya estaban investigando Carlyle Construction y que NovCo estaba proporcionando pruebas en su contra.

Finalmente había apelado al hecho de que era su hija, y a que siempre la había amado incondicionalmente. Y Joanna había estado segura de que su padre no la mentiría en su lecho de muerte, especialmente cuando siempre había sabido lo importante que el prestigio de su compañía era para Matt.

Matt y ella habían tenido una pelea descomunal durante la cual él le había dicho que no sabía de lo que su padre era capaz, a lo que ella había contestado acusándole de usar a Angus para salvar la reputación de NovCo. Luego había salido del apartamento, diciéndole que no quería volver a verlo.

Ni siquiera el hecho de que a las pocas semanas NovCo se hiciera cargo de las reclamaciones que los seguros habían tramitado le había hecho cambiar de idea. Según su padre, Matt solo intentaba salvar su matrimonio. Angus le había incluso animado a que le preguntara a Matt por qué había pirateado su correo para que pareciera que había tenido tratos con empresas y proveedores de cuestionable reputación.

Ella había llamado a Matt, que lo había negado, aunque no había podido negar que hubiera investigado las finanzas de Angus. Pero se había resistido a explicarle por qué y le había dicho que se lo preguntara a su padre.

Por entonces, el estado de Angus había empeorado y Joanna no había tenido la oportunidad de hablar con él. Y para cuando mejoró, aunque solo brevemente, Matt ya había vuelto a Nueva York.

Las semanas de separación se habían convertido en meses. La muerte de su padre había dejado a Joanna devastada, y no pudo evitar culpar a Matt por convertir sus últimas semanas de vida en una pesadilla. David Bellamy había sido su apoyo, organizando el funeral y ofreciéndole su antiguo trabajo. Un puesto que Joanna había aceptado sin dudarlo al descubrir que su padre había muerto prácticamente en la ruina.

Alejándose del espejo, Joanna intentó distraerse observando el bello entorno que la rodeaba; la delicada gama de colores de la decoración, la colcha de satén, la gran cama de estilo colonial.

La casa era una villa de estuco de dos plantas con un tejado de tejas rojas, y estaba rodeada por un terreno en el que se cruzaban numerosos canales donde ocasionalmente se podía ver manatíes. En la rotonda que se formaba ante la puerta principal, había una fuente de estilo español cuya agua producía un relajante murmullo.

Una suave brisa agitó los delicados visillos color marfil. Joanna los descorrió para abrir la puerta del balcón y, saliendo, aspiró los exóticos aromas que llegaban del jardín. Lilas, fucsias, el embriagador perfume del jazmín...

En aquel momento llegó una doncella anunciando que el aperitivo se serviría en la sala del primer piso.

Ya no había escapatoria, y Joanna no se consideraba una cobarde. Además, nada de lo que Adrienne dijera podía ya herirla.

Bajó la gran escalera de mármol pero no encontró a nadie en el vestíbulo. Tampoco vio a nadie al detenerse en el umbral de la sala. Se trataba de una habitación confortable, con sillones y sofás de cuero, un mueble bar y un elegante piano junto al ventanal. Como en el resto de la casa, la iluminación era tenue y cálida. Joanna creyó que estaba sola hasta que una figura salió de las sombras del lado de la chimenea. Una figura alta, fibrosa, taciturna, con un traje y una camisa gris oscuro.

Matt.

Capítulo 3

JOANNA sintió que le faltaba el aire. No era posible que fueran a cenar solos.

–Jo –dijo Matt, aproximándose y susurrando en un tono que puso a Joanna la carne de gallina–: ¿Has podido descansar?

–Un poco –mintió ella, al tiempo que intentaba no dejarse turbar por el delicioso aroma masculino de Matt–. ¿Dónde está... todo el mundo?

–Ahora vienen –Matt deslizó una mirada sensual por su cuerpo–. Estás preciosa, Jo.

–Gracias –dijo ella. Y reprimió el impulso de estirarse el caftán–. ¿Desde cuándo está Sophie aquí? ¿Se va a quedar mucho tiempo? –preguntó para evitar que la conversación se volviera personal.

–Hasta que le deje mi madre –dijo él secamente–. Desde que se divorció viene mucho por aquí.

Joanna asintió con la cabeza. Sophie se había divorciado antes de que el padre de Matt enfermera, y Joanna siempre había sospechado que esa ruptura había sido en parte la causa del infarto de Oliver Novak.

–Me he alegrado mucho de verla –añadió Joanna. Cuando el silencio se hizo insoportable, decidió dejar de andarse por las ramas–. ¿Te ha enseñado tu madre mis correos?

El rostro de Matt se ensombreció.

–¿Te refieres a si sé por qué estás aquí?

Joanna se encogió de hombros.

–Habría preferido hablar contigo en privado. Por eso hice la reserva en el hotel.

–No hay prisa –contestó Matt–. Tómate una copa. Te relajará.

–Estoy relajada –mintió Joanna–. ¿Por qué no hablamos del tema?

Matt hizo como que no la oía, fue al mueble bar y alzó una botella de Chardonnay. Cuando Joanna asintió, sirvió una copa mientras decía:

–Sigues siendo mi esposa, Jo. Eso me da ciertos derechos.

Joanna tomó la copa que le tendió evitando que sus dedos se tocaran. Tras dar un sorbo, insistió:

–Sabes que no quería haber venido.

Matt suspiró.

–Eso es evidente, pero ¿no crees que debemos hablar con calma?

–No hay nada que hablar –dijo Joanna con firmeza–. Quiero el divorcio. Eso es todo.

–¡Qué lástima! –dijo Matt impasible–. Y yo que confiaba en que te quedaras un par de días.

–¡Supongo que bromeas!

–En absoluto.

Joanna apretó los labios.

–No puedes pretender que me quede cuando sabes que tu madre me odia.

Matt se encogió de hombros.

–¿Es esa la única razón por la que no te quedarías?

–Por supuesto que no –dijo Joanna con un resoplido–. No tiene sentido prolongar esto más de lo necesario.

Matt se quedó callado unos segundos antes de decir con frialdad:

–Preferiría que fueras menos agresiva. Las últimas semanas he vivido una auténtica pesadilla.

–No lo dudo, Matt, pero...

–Te da lo mismo –concluyó Matt por ella en un tono cargado de emoción. Acercándose a Joanna la tomó por los brazos y añadió–: Lo nuestro no ha acabado, Jo.

Y antes de que Joanna pudiera reaccionar, inclinó la cabeza y la besó.

–¡Matt! –protestó ella, su voz distorsionada por los labios de Matt. Intentó separarse de él, pero la retuvo. Cuando se resistió a abrir los labios a su lengua, Matt expresó su frustración con un gruñido.

–Sigo deseándote –dijo, mirándola fijamente. Y a Joanna le temblaron las rodillas.

–Ese no es el motivo de mi viaje –dijo ella, intentando dominar el temblor de su voz.

–Ya lo sé –Matt la soltó y se dio la vuelta bruscamente–. Pero sigo sin creer que nuestro matrimonio haya acabado.

Joanna tomó aire. En sus esfuerzos por calmarse se había mordido la lengua y notaba el sabor a sangre en la boca.

–Llevamos casi un año separados, Matt.

–Eso no demuestra nada –dijo Matt con desdén–. Nuestro vínculo nunca se ha debilitado por la distancia.

–Matt, por favor, esto no conduce a ninguna parte.

Joanna desvió la mirada y se llevó un dedo a la lengua para ver si, efectivamente, sangraba. No sé dio cuenta de que el gesto pudiera ser provocativo hasta que vio cómo lo seguía Matt con la mirada. Retiró la mano apresuradamente al mismo tiempo que observaba que Matt no tenía una copa en la mano. Por cambiar de tema, preguntó:

–¿No vas a beber conmigo?

–El alcohol y las medicinas no combinan bien

–dijo él con aspereza–. ¿Te importaría decirme por qué quieres el divorcio?

Dando otro sorbo al vino, Joanna dijo en tensión:

–Hagamos esto civilizadamente, Matt.

Él hizo una mueca despectiva.

–Supongo que sabes que en este país es muy fácil divorciarse –tras una pausa, continuó–, a no ser que una de las partes lo dispute.

–Lo sé.

–¿Así que esperas que me *doblegue*? –preguntó Matt, mirándola con insolencia–. Eliges tus palabras con maestría.

Joanna suspiró, deduciendo que Adrienne le había enseñado los correos en los que la irritación por no recibir respuesta había hecho que escribiera sin ningún tacto.

–No creo que esas fueran mis palabras –contestó a la defensiva–. Pensaba que no me contestabas porque no querías.

–Lo cierto es que eres mi esposa –dijo él con sarcasmo–. Y por mi parte, quiero que sigas siéndolo.

–No puedes obligarme –dijo ella. Y habría querido morderse la lengua, en aquella ocasión metafóricamente, por el tono aniñado que le salió.

Fue a dar otro trago al vino pero descubrió que lo había acabado. Tomó aire. Estaba dejando que Matt se hiciera con el control.

Él vaciló, pero justo cuando Joanna creyó que iba volver a tocarla, alzó las manos en un gesto de resignación y, cruzando la habitación, se sentó al piano. Mientras acariciaba distraídamente las teclas, preguntó:

–¿Por qué no has tocado los fondos que deposité en tu cuenta de Londres? –hizo una breve pausa y añadió–: No tenías por qué volver a la galería de Bellamy.

–No necesito tu dinero –Joanna fue hacia el mueble bar y se sirvió más vino–. Ya te lo dije cuando...

–¿Cuando saliste de nuestro apartamento hecha una furia? –preguntó Matt con aparente calma, tocando una melodía al piano–. Sé lo que dijiste, Jo. Tengo las palabras grabadas en la mente.

Joanna se estremeció a pesar del calor que hacía.

–¿Es que no tienes corazón, Matt? –preguntó con pretendida sorna.

Pero se sobresaltó al ver que Matt se ponía en pie y cerraba el piano de golpe.

–Claro que lo tengo –dijo él, caminando hacia ella precipitadamente y parándose a unos centímetros de ella–. A pesar de las mentiras que te contó tu padre, no soy la reencarnación del demonio.

–No metas a mi padre en esto.

–¿Por qué no? Desde mi punto de vista, tu padre es el verdadero villano.

–Está muerto –dijo Joanna a la defensiva–. No puedes culpar a un hombre fallecido de tus errores.

–¿Mis errores? –dijo Matt furioso.

–¡Él no hizo nada malo!

–¡Eso es lo que tú crees! Ya oí el panegírico en el funeral –dijo Matt con amargura–. Aunque no lo supiste, estuve allí, Jo. Tuve el suficiente tacto como para suponer que no querrías verme. Pero yo sí te vi. Con Bellamy.

–David es un buen amigo –protestó Joanna.

Pero Matt no pensaba lo mismo. Joanna siempre había dicho que el dueño de la galería no sentía nada por ella, pero fue a él a quien acudió al morir Angus Carlyle.

Joanna había abandonado el apartamento de Londres, quizá por temor a que él volviera y exigiera los derechos que le correspondían como esposo... cuando no había hecho otra cosa que proteger sus intereses.

La rabia de Matt dio paso a la frustración y, para terror de Joanna, alzó la mano y le acarició la mejilla y el perfil de los labios.

Aunque fuera un leve roce, Joanna lo sintió como un hierro ardiendo cuyo calor se propagó desde sus dedos, por su garganta, hasta sus senos, que de pronto se llenaron y endurecieron. Su abdomen se contrajo, notó sus músculos tensarse al tiempo que su respiración se agitaba y la invadió la incómoda consciencia de hasta qué punto seguía siendo vulnerable a aquel hombre.

Matt la miraba fijamente y una llamarada de reconocimiento prendió entre ellos como una hoguera que los quemara. Joanna no habría podido predecir qué habría sucedido a continuación de no haber sido interrumpidos, si una voz no hubiera elegido aquel instante para romper el embrujo.

−¡Por Dios, Matt! ¿Qué está pasando?

La voz de Adrienne sonó chillona y acusadora, y Joanna se irritó consigo misma por haber consentido que las cosas fueran tan lejos. Por su parte, a Matt le resultó indiferente la llegada de su madre. Aunque se separó de Joanna, no disimuló su impaciencia.

−No te metas, mamá −dijo, manteniendo la mano en la espalda de Joanna−. Esto no tiene nada que ver contigo.

Adrienne se mostró dolida.

−¡Matt! −protestó.

Su hijo intentó dominar su irritación y preguntó fríamente:

−¿Quieres una copa?

Su madre vaciló, pero optó por la opción menos beligerante.

−Vino, por favor −miró de soslayo la copa de Joanna y añadió−: Tinto, si es posible.

Joanna estaba bebiendo blanco y supo que pretendía provocarla, pero no pensaba darle la satisfacción
de morder el anzuelo.

Tomándose tiempo para inspeccionar a su adversa-
ria, tuvo que admitir que Adrienne no había cambiado
un ápice en el último año. Su delgada figura le daba
un aspecto juvenil. Lo único que la afeaba era la línea
severa que formaban sus labios por la hostilidad que
sentía hacia su nuera.

Matt le dio una copa y rellenó la de Joanna, que
decidió buscar en el alcohol el coraje que podía fal-
tarle.

Tras probar su vino, Adrienne preguntó:

—Sophie me ha dicho que te alojas en el Corcovado. ¿Hasta cuándo te quedas en Miami?

—Hasta mañana —dijo Joanna, evitando mirar a
Matt aunque notaba su mirada de animosidad clavada
en ella.

Adrienne le dedicó una sonrisa crispada.

—Podrías habernos avisado de que venías.

—¿Para qué? —Joanna estaba cansada de tener que
defenderse—. ¿Para que también pudieras ocultárselo
a Matt?

Adrienne ahogó una exclamación.

—¿Cómo te atreves...? —empezó.

Pero Matt intervino.

—Tiene razón y lo sabes, mamá. Ya te diré hasta
cuándo se queda Joanna una vez hayamos hablado
—dijo. Y miró a Joanna para que no lo contradijera.

Adrienne apretó los labios.

—En tus correos pedías el divorcio a Matt. No entiendo de qué tenéis que hablar.

Joanna fue a contestar, pero Matt se le adelantó.

—Si no me hubieras ocultado sus mensajes, habría
podido llamarla —dijo con calma, volviendo a posar la

mano en la espalda de Joanna–. Ahora tenemos la oportunidad de hablar en persona.

Joanna habría querido separarse de aquellos dedos que la quemaban, pero sabía que en aquel momento era mejor presentar un frente común.

–Estoy seguro de que papá se disgustaría si no le damos a Joanna la bienvenida que se merece –continuó Matt con una tranquilidad que irritó a Joanna porque sabía que se debía a que creía que estaba saliéndose con la suya–. Se ha llevado una gran alegría al saber que estaba aquí.

–¿Has hablado con tu padre? –la sorpresa que mostró Adrienne indicó a Joanna que había intentado mantener a su marido al margen.

–Por supuesto –contestó Matt al mismo tiempo que su hermana entraba en la habitación. Él miró a Joanna y dijo–: Permíteme que te rellene la copa.

Una vez más, Joanna se dio cuenta con cierta alarma de que había vaciado su copa.

–Gracias –dijo, haciendo que no veía la mirada de desaprobación de su suegra.

Afortunadamente, la presencia de Sophie restó algo de la presión a la que Adrienne la estaba sometiendo. Su madre la convirtió en la diana de su mal humor, amonestándola por llegar tarde y por llevar un vestido de un naranja demasiado llamativo para su gusto.

El animado parloteo de su cuñada no consiguió distraer a Joanna de la intensa observación a la que Matt la sometía, y una vez más se arrepintió de haber aceptado la invitación a cenar. Pero ya era demasiado tarde.

Cenaron en un comedor pequeño, próximo a la cocina y mucho menos intimidante que el que se usaba en las ocasiones formales. La conversación fue tensa y el único consuelo para Joanna fue saber que su suegra estaba tan incómoda como ella.

Cuando Sophie le preguntó por su trabajo en la galería, decidió contestar abiertamente a pesar del gesto de desaprobación tanto de Adrienne como de Matt.

—Me encanta mi trabajo, Sophie. Aunque no sepa pintar, he aprendido a reconocer el talento de los demás. A veces organizamos exposiciones de pintores noveles que terminan siendo famosos.

—Te envidio —dijo Sophie—. Antes de casarme con Jon trabajaba en una empresa petrolífera y creo que voy a buscar algo parecido.

—Harás bien —dijo Joanna, sonriéndole—. Yo echaría de menos mi trabajo en la galería.

—En Nueva York hay muchas —contestó Sophie animada—. Ahora que nada te retiene en Londres, podrías mudarte. ¿No te parece, Matt?

Matt guardó silencio, pero Adrienne no pudo resistirse a decir:

—Lo dudo —miró a su hija con impaciencia—. Joanna no va a quedarse en Miami. Está aquí para hablar con Matt de... —vaciló al ver que Matt la miraba con desaprobación—, temas personales —concluyó—. Mañana vuelve a Londres. ¿No es así, Joanna?

Antes de que esta respondiera, Sophie miró a su hermano indignada y preguntó:

—¿Por eso ha reservado habitación en el Corcovado? ¡No puedo creer que vayas a pedirle el divorcio!

Capítulo 4

NO LE he pedido el divorcio a Joanna –contestó Matt ásperamente–. En cualquier caso, Sophie, no es asunto tuyo por qué está aquí.

–Soy yo quien ha pedido el divorcio –dijo Joanna, mirando a Sophie con dulzura y luego a Matt, desafiante.

–No es un tema del que debamos hablar delante del servicio –dijo Adrienne con frialdad.

Pero Joanna ya no pudo contenerse y replicó:

–Tampoco es asunto tuyo. ¿O crees que leer los correos de mi marido te autoriza a tener la última palabra?

–Si la tuviera no estarías aquí –contestó Adrienne. Miró a su hijo en busca de apoyo.

Pero Matt, levantándose, fue a servirse un refresco, y Joanna no supo si estaba siendo deliberadamente grosero o si pretendía fingir indiferencia.

–No querría seguir importunándoos –dijo en tensión a ver que Matt no volvía a la mesa–. Si me disculpáis, necesito ir al servicio.

Apenas había probado bocado pero sentía náuseas. Acababa de tomar la decisión de que fueran sus abogados quienes llevaran las negociaciones. Salió de la habitación en silencio, consciente de que las dos mujeres pensaban que Matt la detendría. Pero no lo hizo, aunque Joanna percibió que la seguía con la mirada. Cruzó el vestíbulo y subió las escaleras precipitadamente.

Cuando entró en el dormitorio, le temblaban las piernas. Tenía el móvil en el bolso y pensaba pedir un taxi.

En su ausencia, alguien había estado allí y había abierto la cama para la noche. Frunciendo el ceño, pensó que podía haberse tratado de Matt, en una demostración más de su tendencia a pasar por alto lo que ella quisiera.

Tras mirar a su alrededor en tensión, fue al cuarto de baño. No se encontraba bien, pero confiaba en no vomitar.

Estaba apoyada en el lavabo con los ojos cerrados cuando oyó una voz.

−¿Estás bien?

Joanna abrió los ojos. Matt la miraba desde la puerta. Se había quitado la chaqueta y las mangas de la camisa dobladas dejaban a la vista sus morenos brazos. A pesar de lo enfadada que estaba con él, Joanna sintió el hormigueo que siempre le provocaba su magnetismo. Era imposible negar la atracción sexual que ejercía sobre ella.

−¿Qué haces aquí? No te he invitado.

−Ya −dijo él, encogiéndose de hombros−. Veo que sigues teniendo el genio vivo.

−No te rías de mí −dijo ella, rozándolo al pasar a su lado hacia el dormitorio

−Aunque no te lo creas, me has preocupado −Matt se cruzó de brazos para reprimir el impulso de tocarla−. Estás muy pálida.

−Me extraña que lo hayas notado −dijo ella súbitamente abatida. Y tratando de contener las lágrimas, continuó−: ¿Por qué no me dejas en paz? He pedido un taxi.

Matt resopló.

−No te ha dado tiempo −dijo lacónicamente. Tras

una breve pausa, añadió–: ¿Estás decidida a ir al hotel?

–Sí. Aquí no soy bienvenida.

–Quiero que te quedes.

–Ya, pero esta es la casa de tu madre y no pienso quedarme ni un minuto más.

–Técnicamente, es la de mi padre, pero dejémoslo. Por favor, quédate. Tenemos que hablar.

–Ya hemos hablado, Matt.

–No suficientemente –él frunció el ceño–. ¿Me tienes miedo, Jo?

–No –dijo ella desafiante aun sabiendo que mentía. Temía lo vulnerable que le hacía sentir.

–Aun así, insistes en dejarme... de nuevo.

Joanna suspiró.

–Está bien. Ven a desayunar al hotel mañana y hablaremos.

Media hora más tarde, Joanna miraba por la ventanilla del elegante Mercedes que Matt conducía, asombrada por lo tranquilas que estaban las calles.

Sabía que no debía haber aceptado tan fácilmente el ofrecimiento de Matt para llevarla, pero dado que seguía sintiéndose indispuesta, prefirió estar con alguien conocido... aunque fuera su marido.

La había estado esperando en el vestíbulo cuando bajó, acompañado por Sophie.

«Espero verte pronto», había susurrado esta al despedirse. «No culpes a Matt del comportamiento de mi madre. Siempre ha sido muy posesiva con su hijo».

Como si ella no lo supiera.

No tardaron en llegar a Miami Beach y pronto entraban en el hotel Corcovado, con sus espectaculares terrenos, las hileras de palmeras y la piscina olímpica.

Al bajar del coche, Joanna subió precipitadamente la escalinata que llevaba a la entrada a la vez que decía:

–Hasta mañana.

Pero en cuanto la puerta a su espalda se cerró, supo que Matt le pisaba los talones.

–¿Qué quieres ahora? –preguntó con impaciencia–. Hemos quedado mañana por la mañana.

–¿Pensabas que no te acompañaría a tu habitación?

–No es necesario –dijo Joanna, evitando mirarlo. Pero al ver que no se movía, añadió con un gesto de impaciencia–. Está bien. Puedes acompañarme al ascensor.

Solo entonces se dio cuenta de que todavía no se había registrado. Al encontrarse con Sophie había olvidado que había quedado en ir directamente del aeropuerto para pagar un depósito y confirmar su reserva. ¿Y si habían dado a otro cliente su habitación?

Tomando aire, dijo:

–Primero tengo que registrarme y hay cola. No vale la pena que esperes.

–¿Estás segura de que tienes habitación? –preguntó Matt en tensión.

–Espero que sí –dijo Joanna, que no quería plantearse otra posibilidad–. He llamado desde el aeropuerto.

Al ver la expresión de sorpresa de Matt, explicó:

–Cuando dejé Nueva York no sabía si te encontraría aquí, pero de todas formas necesitaba un sitio en el que alojarme. Y me acordé de que habíamos estado aquí juntos.

–Me alegro de que recuerdes nuestros viajes –dijo él con sorna.

Joanna suspiró.

–Iba a llamarte para que vinieras a cenar.

–Para hablar, supongo –dijo él, aún más sarcástico. Y preguntó–: ¿Y Sophie te hizo cambiar de idea?

–Sí... Me dijo que estabas enfermo y-y... me preocupé.

–¡Qué detalle!

A Joanna le molestó que reaccionara con tanto desdén.

–Que sintiera lástima por ti no...

Matt hizo una mueca.

–No necesito tu compasión –dijo con amargura.

Joanna chasqueó la lengua con impaciencia, y se puso a la cola.

–¿Por qué no te vas? Estás perdiendo el tiempo –dijo, mirando alrededor.

–No creas –replicó él.

Y Joanna lo miró exasperada

–Está bien –dijo, dándole la espalda–. Pero tardaré un poco. Todavía no me he registrado.

–Eso ya lo has dicho.

Matt sonó pensativo, pero al cabo de unos segundos Joanna oyó sus pisadas alejarse y dedujo, diciéndose que era lo mejor, que había decidido marcharse.

Cuando alguien le tocó el brazo al poco tiempo, se giró sobre los talones, asumiendo que Matt había vuelto. Pero se trataba un hombre llamado George Szudek, el manager del hotel, según indicaba la identificación prendida en la solapa de su chaqueta. Era un hombre fornido con barba. Con una sonrisa, le pidió que lo acompañara a su despacho.

–Señora Novak –dijo, indicándole que entrara–. Creo que puedo ayudarlos a usted y a su marido.

Capítulo 5

JOANNA se dijo que debía haberlo adivinado cuando Matt desapareció. Por supuesto, su marido los esperaba en el despacho del manager.

Estaba de espaldas, mirando por la ventana con las manos en los bolsillos, sus anchos hombros marcados por la camisa de seda.

Y a su pesar, Joanna sintió una emoción parecida a la que había sentido años atrás, al ver a Matt y a su padre entrar en la galería Bellamy.

David inauguraba la exposición de un artista desconocido y un folleto informativo había llegado al hotel Novak. Matt le dijo que había sido su padre quien le había animado a ir, tras un día de intensas de negociaciones. Pero también le dijo que en cuanto la vio, se alegró de haber acudido...

Joanna recorrió la galería con la mirada con un sentimiento de orgullo. Estaba repleta de visitantes y mecenas que, disfrutando de una copa de vino y canapés, comentaban las obras expuestas.

Y ella había organizado todo aquello. Había diseñado los folletos, enviado las invitaciones y había conseguido que el evento resultara tan atractivo que nadie quisiera perdérselo.

El artista que promocionaban, Damon Ford, era conocido por haber ganado una medalla de atletismo en los últimos Juegos Olímpicos. Pero Joanna estaba convencida de que su obra era magnífica y que alcanzaría una gran popularidad.

–Ha venido mucha gente –dijo en tono de satisfacción David Bellamy, el dueño de la galería y su jefe–. Has hecho un gran trabajo, Joanna. Damon debería estarte muy agradecido.

Ella sonrió

–Lo está. Ahora tenemos que confiar en que su obra se venda. Antes he visto al editor de *Evening Gazette* entusiasmado con una de sus piezas.

Miró a su alrededor ilusionada. Su intuición no había fallado. Damon era uno de esos raros artistas a los que les importaba su obra, pero también conquistar al público.

Su mirada se posó entonces en dos hombres que acababan de entrar. Los dos eran altos y morenos. El más joven era un poco más alto y su mirada penetrante se cruzó con la de ella.

Joanna desvió la suya, ruborizándose, y sintió al instante una extraña sensación en la boca del estómago. Aun así, consiguió recuperar la calma cuando el hombre en cuestión atravesó la sala hacia ella.

–Hola –la saludó, con una sonrisa que hizo que se le pusiera la carne de gallina–. Tengo entendido que tú eres la artista.

Por su acento, Joanna dedujo que provenía del otro lado del Atlántico.

–No, no –se apresuró a contestar–. Solo he ayudado a organizar la inauguración.

–A eso me refería –explicó él–. Has hecho un gran trabajo.

–¿Te parece? –preguntó ella sintiéndose halagada. Una cosa era que David estuviera contento, y otra que uno de los invitados la elogiara.

–Desde luego –el hombre barrió la sala con la mirada y añadió–. ¿Quieres acompañarme hasta donde pueda pedir una copa?

Joanna se reprendió por pensar en el pasado.

Matt se había vuelto al oírlos entrar en el despacho, y aunque ella había tenido la tentación de salir corriendo, el orgullo, y no querer hacer una escena delante del manager, hizo que se quedara.

Como consecuencia, el hombre abría en aquel momento la puerta de una suite en el piso dieciocho y los invitaba a entrar, como si Matt fuera a pasar allí la noche con ella.

–Si puedo hacer algo más por usted, señor Novak, no tiene más que llamarme –dijo, irritando a Joanna al dirigirse a Matt –y dándole la llave–. Estoy seguro de que les gustará esta suite.

–Yo también –dijo Matt, advirtiendo a Joanna con una mirada que no protestara–. Gracias, George.

El hombre se retiró con una sonrisa. En cuanto cerró la puerta, Joanna estalló.

–¡Supongo que quieres que te dé las gracias! Pues habría preferido alojarme en una habitación individual.

Matt rio con sorna.

–Sabía que dirías eso –fue hasta la puerta de cristal que daba acceso a una terraza privada y salió–. Ven a contemplar la vista. Se oye el mar.

–Y se siente la humedad –replicó Joanna sin moverse–. Por favor, cierra la puerta y márchate.

–¿No vas a ofrecerme una copa? –preguntó Matt, entrando y cerrando la puerta.

Joanna miró hacia el frigorífico y dijo:

–Sírvete tú mismo –mientras Matt se servía un refresco, Joanna añadió–: No vas a conseguir que cambie de idea.

Matt se encogió de hombros.

–Vale. Pero has dicho que hablaríamos por la mañana.

–No creo que sirva de nada.

–Yo espero que sí –Matt miró a su alrededor y continuó–: Esta suite se parece a la que ocupamos la primera vez que vinimos –se acercó a la puerta del dormitorio para echar una ojeada–. ¿Te acuerdas? Tuvieron que cambiar las sábanas porque habíamos hecho el amor en la ducha y todavía estábamos mojados cuando...

Joanna apretó los labios.

–Calla –exigió, intentando bloquear las imágenes que la asaltaban–. ¿Qué tal lleva tu padre la vuelta al trabajo?

Matt la miró desconcertado, pero aceptó el cambio de tema.

–En cuanto supo que estaba enfermo se ofreció a sustituirme. A mi madre no le agradó.

–Eso no es raro –dijo Joanna con sarcasmo–. A Adrienne le gusta tener a sus hombres bajo su control.

–Lo que explica que me ocultara tus correos. Era consciente de que, de haber sabido que querías verme, habría acudido a Inglaterra sin titubear.

–Por eso tampoco me hizo llegar los tuyos. Si hubiera sabido... –empezó Joanna. Pero en realidad, no sabría cómo habría reaccionado al saber que Matt estaba grave.

–¿Qué? ¿Habrías venido solo por ese motivo?

–Sinceramente, no lo sé.

–¿Porque estabas muy ocupada?

–No. Porque no habría estado segura de que quisieras verme.

–Entiendo –comentó Matt. Y fue él quien cambio de tema–: ¿Sigue Bellamy jugando un papel importante en tu vida?

Joanna tragó saliva.

–Deja a David al margen de esto.

–¿Cómo ocupas tu tiempo libre? –preguntó Matt con un brillo burlón en la mirada.

–Con amigos –al ver la expresión de Matt, añadió–: No con David, con otros amigos. Y a veces visito a mamá y a Lionel.

–Creía que no te caía bien –comentó Matt.

–Las circunstancias han cambiado.

–¿Desde que murió tu padre? –preguntó Matt sarcástico–. Te creo. Siempre sentí lástima por tu madre. Angus le impidió verte por puros celos.

–No digas eso.

–Es la verdad. Nunca perdonó a Glenys y te usó a ti para vengarse.

–¡No!

Matt se encogió de hombros.

–Como quieras –dijo con calma–. Un día te darás cuenta de que estoy en lo cierto, y que la explosión en Alaska no fue responsabilidad de NovCo. No fuimos nosotros quienes redujeron los costes de construcción poniendo en peligro la seguridad.

–Tampoco papá –replicó Joanna cortante.

Matt estuvo a punto de dejarlo, pero no podía soportar que Joanna siguiera creyendo que su padre era un ángel.

–¿Crees que pagamos la ominosa multa que exigieron las autoridades de Alaska por pura bondad? –Matt sacudió la cabeza–. Fue para protegerte, Joanna. Sé que no me crees, pero tu padre llevaba años engañando a sus empleados.

Joanna sintió que la recorría un escalofrío. ¿Y si estaba equivocada y era verdad que su padre había mentido? Se rodeó la cintura con los brazos, como si necesitara protegerse.

–No quiero hablar de esto.

–¡Ya lo sé! –exclamó Matt, enfadándose y tomándola por los brazos para obligarla a volverse hacia él–. Porque no quieres admitir la verdad ni aunque la tengas delante de los ojos –su cálido aliento acarició el rostro de Joanna–. Maldita sea, Joanna, me había jurado no hacer esto, pero necesito que sepas cuánto me importas.

Joanna no había esperado que hiciera ese comentario. Para no bajar sus defensas, dijo testarudamente:

–Solo he venido porque quiero el divorcio, no para remover el pasado.

–Tienes miedo a enfrentarte a la verdad –dijo Matt–. Estás dejando que tu padre destroce tu vida –incrementó la presión de sus dedos en los brazos de Joanna–. Allá donde esté, estoy seguro de que se alegra de que seas tan ingenua.

–Papá me dijo que te casaste conmigo solo para hacerte con el control de su empresa.

Matt la miró fijamente.

–Tú y yo estábamos juntos mucho antes de que Angus decidiera utilizarme para que lo sacara del agujero que él mismo había cavado.

Joanna y Matt se habían casado seis meses después de conocerse. Matt sabía que ni su madre ni su padre estaban contentos con que todo fuera tan precipitado, pero estaban demasiado enamorados como para esperar.

Y los primeros meses habían sido maravillosamente felices.

Después de una luna de miel en Fiji, se instalaron en el apartamento de Nueva York, aunque tenían otro en Londres.

Tenían servicio en las dos casas, pero a Joanna le gustaba ocuparse de su marido personalmente, y sus amigos solían alabar las magníficas fiestas que organizaba.

Matt sospechaba que el hecho de que Joanna no se quedara embarazada durante el segundo año estaba en la raíz de sus problemas posteriores. Los dos querían ser padres, pero se produjeron dos sucesos consecutivos que dificultaron las posibilidades de conseguirlo.

En primer lugar, Oliver Novak sufrió un ictus, lo que significó que Matt asumiera más responsabilidades en la compañía. Luego descubrió que la empresa de Angus pasaba por dificultades financieras y, por Joanna, decidió rescatarla. Aun así, no consiguió ocultarle completamente los problemas por los que pasaba su padre.

En su anhelo por ser padres, el sexo se convirtió en algo mecánico, sujeto a fechas y termómetros, en lugar de una gozosa manifestación del amor que se profesaban. Cada vez discutían más cuando estaban juntos, y Matt se dio cuenta de que Joanna se iba encerrando en sí misma.

La noticia de que su padre sufría cáncer de pulmón fue devastadora. Joanna se mudó a Londres permanentemente para cuidar de él. Y aunque no quería creerlo, Matt pensó que hasta se sentía aliviada de abandonar Nueva York y la amable curiosidad de sus amigos sobre su posible embarazo.

El accidente de la plataforma de Alaska se produjo a las pocas semanas de que Angus fuera diagnosticado. Matt nunca pensó que podría convertirse en la gota que colmara el vaso, pero por entonces no sabía hasta qué punto Angus podía ser cruel.

Matt apartó aquellos recuerdos de su mente. Había sido un ingenuo al creer que el tiempo pondría a cada uno en su sitio. Pero no podía soportar que Joanna se negara a ver la verdad.

Capítulo 6

POR QUÉ no aceptas la situación y sigues tu camino? –preguntó Joanna.

–¿Qué camino? –preguntó Matt a su vez.

–No sé. Quizá con otra mujer. Una de las que mantiene tu cama caliente desde que rompimos. No querrás que crea que has estado solo todo este tiempo.

–¿Qué te hace pensar eso? –preguntó él con expresión sombría.

–Leo los tabloides, Matt. Y te he visto acompañado por distintas mujeres.

Matt enarcó una ceja.

–¿Estás celosa?

–Claro que no –mintió Joanna. Pero añadió, esforzándose por sonar indiferente–: Nunca pensé que fueras a vivir como un monje.

Matt sacudió al cabeza. Estaba seguro de que Joanna se negaba a admitir la química que seguía habiendo entre ellos. Tomándola por la nuca, le hizo girar su rostro hacia él.

–Dime que no quieres que te bese –dijo con voz ronca–. Dime que no quieres sentir mi cuerpo sobre el tuyo, y te dejaré ir.

Joanna contuvo el aliento.

–¡Estás loco! –exclamó, intentando no dejarse llevar por la tentación que representaba.

–¿Tú crees? –Matt hizo girar sus caderas contra las de ella, haciéndole sentir su sexo endurecido. Luego le sujetó la muñeca y le llevó el brazo a la espalda para aproximarla aún más–. Solía gustarte que hiciera esto. Solía gustarte que te lamiera desde...

–¡Calla! –exclamó Joanna a duras penas. Le temblaban las piernas y no pudo evitar que Matt consiguiera meter su muslo entre los de ella.

Siempre había sabido que la atracción que sentía hacia él seguía viva. Por eso mismo había querido evitar ir en su busca. Pero tampoco había creído que fuera a encontrarse en la posición de tener que rechazar a Matt... y descubrir que lo que quería era ceder.

En lugar de besarla, Matt la miró con desdén y dijo:

–Creo que lo que quieres es que te seduzca para que veas lo desesperado que estoy –hizo una pausa–. ¿Estoy en lo cierto?

Joanna no respondió, pero Matt pudo sentir que su cuerpo se relajaba y oler su sexo húmedo. Aun así y a pesar de la excitación que le produjo imaginarse invadiendo su aterciopelada cueva, Matt consiguió separarse de ella.

–Te encantaría que me humillara y te suplicara, ¿verdad? –dijo con aspereza.

–¡No!

–Pues todavía me queda algo de dignidad –Matt se dio súbitamente por vencido; no pensaba arrastrarse para recuperarla–. Me voy, Joanna. Si todavía quieres hablar, vendré a desayunar. Tú decides. Buenas noches.

Joanna se mordió el labio inferior al tiempo que Matt se acercaba a la puerta.

–Que sepas que ni siquiera quería hablar contigo en persona –dijo, elevando la voz–. Te has inventado una versión de los hechos en la que soy yo quien tiene la culpa de todo.

Matt sonrió con desdén.

—Por mí puedes creer lo que quieras. Me da lo mismo.

—No sé por qué dices eso —replicó Joanna—. Yo no te he pedido que alquilaras esta suite, ni que subieras conmigo.

—No —admitió Matt—. He sido tan tonto como para creer que agradecerías que te simplificara la vida, pero debía haber supuesto que no sería así.

—¡Matt!

Este alcanzó la puerta cuando Joanna lo llamó, pero aunque se volvió para mirarla, su rostro solo reflejaba hastío.

—Matt —Joanna no podía creer lo que iba a decir, pero no quería que se fuera sin una mínima explicación—. No te vayas así.

Él enarcó las cejas.

—¿Quieres decir que tengo razón?

—No —Joanna se humedeció los labios—. No decías en serio lo de que quiero que me seduzcas, ¿no? Solo pensaba que... —se encogió de hombros—, ¿no podemos ser amigos?

—¡Amigos! —exclamó Matt con una risa de incredulidad—. ¿Hablas en serio?

Joanna pensó que estaba bajo los efectos del alcohol. No podía pensar con claridad. Si quería que Matt se fuera, ¿por qué lo retenía?

Al no recibir respuesta, Matt se impacientó.

—Esto es una pérdida de tiempo —dijo con aspereza—. Será mejor que te acuestes. Nos vemos mañana en la cafetería.

—¿Y si no quiero irme a la cama? —Joanna sentía tal inyección de adrenalina en las venas que dudaba poder dormir. Fue hacia la ventana—. La piscina está iluminada. Voy a darme un baño.

Matt la miró como si se hubiera vuelto loca.

Pero Joanna sintió un súbito calor que hizo que le ardiera la piel. Sin pensar en lo que hacía, se desabotonó el caftán y se lo quitó. Luego se deslizó los tirantes del sujetador por los hombros, y el aire acondicionado la refrescó.

–¿Qué demonios estás haciendo? –masculló Matt.

Joanna percibió una mezcla de frustración y de deseo en su voz.

–Voy a darme un baño –dijo sencillamente–. El agua debe de estar deliciosamente fresca.

Matt apretó los dientes.

–Si esperas que te acompañe...

–No espero nada de ti, Matt –pero su cuerpo contradijo sus palabras. Joanna sentía su sangre fluir como oro líquido y se humedeció los labios–. Puedes quedarte o irte. Tú decides.

–Lo he decidido hace cinco minutos –le recordó Matt, conteniendo un exabrupto.

¿No se daba cuenta Joanna de cómo le afectaba tenerla ante sí semidesnuda?

Por supuesto que sí. Frunció el ceño y añadió:

–Si pretendes jugar conmigo...

–No es ningún juego, Matt –Joanna se desperezó–. ¿Qué tiene de malo que me dé un baño?

–Son las once de la noche.

–¿Y?

Matt juró entre dientes y se volvió hacia la puerta. Joanna tuvo la seguridad de que se marchaba y se dijo que era lo mejor. Tomó su bolsa de viaje del suelo y fue hacia el cuarto de baño. Al menos así Matt no sabría nunca que solo se estaba tirando un farol.

Sin esperar a escuchar la puerta cerrarse, fue hacia el cuarto de baño. Estaba deseando darse una ducha fría. Había confirmado que a Matt le daba lo mismo lo que le pasara, y se irritó consigo misma por notar los ojos húmedos de lágrimas.

Alargó la mano hacia el picaporte, pero una mano pasó por encima de su hombro y se apoyó en la puerta, impidiéndole abrirla.

—¿Vas a cambiarte en el armario? —preguntó Matt, arrinconándola con su cuerpo.

—Creía que te ibas —dijo Joanna.

—Y es lo que debería haber hecho —dijo Matt con voz ronca—, pero ya sabes que estoy loco.

Consciente de que el corazón le latía desbocado, Joanna apoyó la frente en la puerta y susurró:

—¿Por qué sigues aquí? ¿Qué quieres de mí?

—¿No lo sabes? —masculló Matt. Deslizó una mano por debajo del sujetador y acarició sensualmente un endurecido pezón—. Vamos, dime que me vaya. ¿O quieres seguir riéndote de mí?

—No me río de ti —dijo Joanna. Y contuvo el aliento cuando Matt deslizó su mano libre hacia su vientre—. No quería que te fueras.

—Me cuesta creerte.

—Es la verdad —dijo ella entrecortadamente a la vez que apoyaba la cabeza en el hombro de Matt—. Sigues siendo el único hombre al que he amado.

Matt deslizó los dedos por debajo de la cintura de las bragas de encaje de Joanna conteniendo el aliento. Los músculos del vientre de ella se contrajeron al sentirlos avanzar hacia abajo, hasta llegar a su entrepierna.

Entonces Matt la apretó contra su pulsante miembro y musitó con la voz distorsionada:

—Ahora ya sabes por qué no me he ido —la hizo volverse y la besó apasionadamente.

Joanna supo en ese instante que había estado luchando contra sí misma desde que había visto a Matt, y en aquel momento se entregó sin titubear, dejándose llevar por los sentidos, entrelazando sus brazos alrededor del cuello de Matt y abriendo los labios a su lengua.

Las bragas desaparecieron y la lengua de Matt en sus pezones se convirtió en una deliciosa tortura. Pequeños remolinos de fuego se apoderaron de cada célula de su cuerpo y Joanna reclamó su boca con un anhelo largamente reprimido.

Sus dedos buscaron el botón del pantalón de Matt y sintió contra los nudillos los músculos de acero de su abdomen. Luego le bajó la cremallera y quedó a la vista el bulto que formaba su sexo endurecido contra los calzoncillos de seda.

Joanna pensó que la poseería allí mismo, contra la puerta. Pero tomando aire, él la levantó en brazos.

—Mejor en la cama —dijo con la voz cargada de deseo. Y pasando por encima de sus pantalones, fue hacia el dormitorio.

Tras posarla en la cama, se quitó los calzoncillos. Luego, colocándose a horcajadas sobre ella, le tomó el rostro entre las manos y susurró:

—Si ahora cambias de idea no te perdonaré.

Pero Joanna ya buscaba con las manos su sexo.

—Necesito estar dentro de ti —continuó Matt—. ¿Por qué me has hecho esperar tanto tiempo?

Durante una fracción de segundo, mientras Matt trazaba un sensual recorrido con su lengua desde sus senos hacia su ombligo, Joanna se preguntó si estaba loca.

¿Cómo se sentiría por la mañana? ¿Pensaría que había cometido el mayor error de su vida? Pero cuando los dedos de Matt se adentraron en ella, la recorrió un estremecimiento de puro placer. Se abrazó a su cuello y entrelazó las piernas a su cintura, y Matt la penetró sin titubear.

Hicieron el amor voluptuosa y apasionadamente. Matt había olvidado la maravillosa sensación de estar dentro de ella, cómo sus músculos se contraían alrededor de su sexo, cómo se tensaba su cuerpo en preparación de lo que venía a continuación. Cuando sintió sus primeros espasmos, la penetró aún más profundamente.

Joanna sintió que la cabeza le daba vueltas. Había echado de menos hacer el amor con Matt incluso más de lo que creía. Sus ritmos se acompasaban con tanta fluidez, con tanta naturalidad. Su cuerpo se arqueó para acudir al encuentro de sus embates, adaptándose a la perfección a sus necesidades.

Joanna tenía la sensación de estar teniendo una experiencia extrasensorial, que sus sentidos entraban en una espiral sobre la que no podía ejercer ningún control. La intensidad de la pasión de Matt la envolvía, su pulsante excitación la arrastró a un clímax al que siguió otro, y otro. Y cuando llegó el de Matt, ella se aferró a él y sintió su semilla verterse en su interior.

Joanna abrió los ojos a la luz del día.

Era muy temprano, apenas las seis, pero como estaba en horario londinense, se despertó plenamente.

Parpadeó y su cerebro entró en acción aceleradamente. Estaba en la suite a la que los había llevado el manager. A ella y a Matt. La invadió una súbita inquietud.

¡No!

Incorporándose sobre el codo, miró al otro lado de la cama, rezando para encontrarse a solas. Aquel delirio tenía que ser un sueño provocado por el exceso de vino.

Pero no estaba sola. El cálido cuerpo de Matt descansaba a su lado.

Echándose de nuevo lentamente para no despertarlo, intentó evaluar la situación. El dolor de cabeza que sentía era la prueba de que había bebido demasiado. ¿Cómo, si no, habría dejado que aquello sucediera? ¿Cómo podía haber cometido tal error?

Descubrirse desnuda la distrajo de ese pensamiento por un instante. No había dormido así desde la última vez que Matt y ella habían compartido una cama. Y no había pensado que esa circunstancia volviera a darse. ¿En qué quedaba su petición de divorcio?

Las agujetas entre las piernas eran una prueba de lo que había ocurrido. Habían hecho el amor varias veces, como si ninguno de los dos pudiera llegar a saciarse. ¿Qué decía eso de ella?

Que odiara a Matt por que hubiera traicionado a su padre no significaba que sus sentimientos hacia él hubieran muerto. David tenía razón. Debía haber conducido las negociaciones a distancia. Aun así, no podía culpar a Matt por lo que era su propia debilidad.

Se llevó la mano a los senos. También estaban sensibles. Y recordó a Matt succionándoselos antes de bajar hasta ocultar la cabeza eróticamente entre sus muslos.

Mecánicamente, se tocó el vello entre las piernas, pero se dijo que solo había sido sexo, nada más que eso.

Sin embargo, al ver la cabeza de Matt descansando en la almohada junto a la suya, supo que no podía confiar en que su comportamiento fuera más razonable por la mañana. Matt era una droga a la que era adicta, así que lo mejor que podía hacer era evitarlo.

Estudió sus facciones por un instante. No podía negar que lo encontraba inmensamente atractivo, pero estaba segura de que el amor del pasado se había transformado en algo puramente primario. Y ninguna relación duraba si esos eran sus cimientos.

Cuanto antes recogiera sus cosas y se fuera, mejor.

Levantándose sigilosamente, fue de puntillas al cuarto de baño y se vistió. Cuando salió, Matt seguía durmiendo profundamente.

Al llegar a la puerta, vaciló un instante, lamentando que las cosas terminaran así. A continuación, cuadrándose de hombros, salió y se encaminó al ascensor.

Capítulo 7

PARA cuando Joanna llegó a su apartamento en Londres estaba exhausta. Había tomado el primer vuelo, aunque hacía escala en Nueva York, porque el directo no salía hasta la noche. Durante el vuelo no había pegado ojo por culpa de un bebé que lloró continuamente y de un hombre que roncó durante todo el trayecto.

Le inquietaba ver a David porque temía revelar más de lo que quería. Y tampoco le apetecía oírle decir: «ya te lo dije», cuando le contara que el encuentro no había ido particularmente bien.

Se desnudó y fue a ducharse. Bajo el chorro del agua, tuvo la sensación de estar retirándose los últimos rastros del cuerpo de Matt. Pero cuando cerró el grifo y oyó que llamaban al teléfono, se descubrió deseando que fuera él... lo que era imposible porque Matt no tenía su número.

Envolviéndose en una toalla, descubrió con desánimo que se trataba de David.

–Hola, David –saludó, intentando inyectar algo de entusiasmo a su voz–. Te iba a llamar en un rato.

–¿Cuándo? –preguntó él con impaciencia–. Debes haber llegado hace horas.

–No, acabo de llegar.

–Aun así...

–David, necesitaba ducharme y cambiarme.

Él suspiró antes de preguntar:

–¿Has conseguido ver al gran hombre?

–Sí, he visto a Matt –Joanna titubeó antes de continuar–. Ha estado enfermo. Por eso no ha contestado mis mensajes.

–¿Ah, sí?

–Sí –contestó Joanna, irritándose por sentir que tenía que ponerse a la defensiva–. Contrajo una enfermedad en Sudamérica.

–Vaya... –David pareció escéptico, pero no inquirió más–. ¿Cuándo vas a venir? ¿Hoy por la tarde?

–Mejor mañana –dijo Joanna, aunque no le apetecía ir a trabajar–. Tengo que recoger y hacer una compra. ¿Te parece bien?

–Claro –dijo David, menos agresivo–. Solo quería asegurarme de que estabas bien.

–Gracias –dijo Joanna, que se dio cuenta a su vez de que había estado a punto de volcar su frustración en él–. Mañana te contaré el viaje.

El teléfono del hotel despertó a Mark. Abrió los ojos y, emitiendo un gruñido, miró a su alrededor. Al ver que Joanna no estaba a su lado, rodó sobre la cama para contestar.

–¿Matt? Gracias a Dios. Llevo horas llamando a tu teléfono.

Matt recordó que estaba en otra habitación, en el bolsillo de los pantalones que había dejado abandonados en el suelo. No lo había oído.

–¿Qué pasa? –preguntó al notar la voz de alarma de su hermana.

–Se trata de papá. Andy Reichert ha llamado de madrugada –Reichert era el vicepresidente de la compañía–. Como papá no contestaba al teléfono y por la tarde no se encontraba bien, Andy decidió ir a verlo al despacho.

Matt se incorporó, alerta. Sophie continuó:

–Cuando llegó, estaba inconsciente. Se había desplomado sobre el escritorio. Reichert llamó a Emergencias y una ambulancia acudió para llevarlo al hospital –Sophie hizo una pausa antes de concluir–: Es otro ictus, Matt, más serio que el anterior. Todavía no se sabe qué secuelas va a tener.

Tres semanas más tarde, Joanna había asumido que Matt no iba a ponerse en contacto con ella. A pesar de lo que había sucedido en Miami y de que había estado segura de que querría verla de nuevo; a pesar de que, estúpidamente, había llegado a plantearse darle una segunda oportunidad, terminó por convencerse de que lo mejor era mantenerse firme en su postura.

Tampoco había sabido nada de los abogados de Matt aunque, animada por David, había contactado con un bufete de Londres al que habían dado los datos de Matt para que actuaran en su nombre.

Dado que ya había dado aquel paso, había decidido finalmente contárselo a su madre.

Glenys Carlyle, o Avery, su apellido en segundas nupcias, vivía en Cornwall. Lionel Avery era un comerciante de vino al que había conocido en una discoteca quince años atrás, justo después de separarse del padre de Joanna.

Aunque él era ocho año más joven, seguían formando una pareja feliz. Y a pesar de que Joanna había sentido un rencor inicial hacia su madre por abandonar a su padre, con el tiempo su relación había ido mejorando.

Ella tenía catorce años cuando se divorciaron, y su padre siempre culpaba a su madre de la ruptura. Era cierto que fue ella quien se había ido de casa, pero también lo era que Angus Carlyle era un hombre difícil.

Cuando Glenys y Lionel se casaron, su madre la había invitado a ir a vivir con ellos, pero Joanna no quiso dejar solo a su padre. Sin embargo, en más de una ocasión, se había preguntado si no había cometido un error.

Matt aterrizó en Londres a las siete y media en su avión privado.

Había recibido los papeles del divorcio unos días atrás, pero no le había sido posible viajar a Londres hasta ese día.

Un coche de la compañía lo esperaba en el aeropuerto y lo llevó a la dirección de Joanna. Se trataba de un bloque de apartamentos mucho más modesto de lo que ella habría podido permitirse de haber usado el dinero que él depositaba regularmente en su cuenta, pero parecía seguro y tenía la ventaja de contar con servicios comunes. Matt lo conocía porque había aprovechado para averiguar dónde vivía Joanna cuando acudió al funeral de su padre.

Bajó del coche, le dijo al chófer que lo llamaría si lo necesitaba más adelante y fue hacia la puerta.

En el vestíbulo había un hombre observándolo, y Matt se preguntó si sería el portero del bloque. La puerta estaba cerrada y tras localizar en el telefonillo a la señora... señorita Carlyle, apretó el botón, contrariado.

Al no obtener respuesta frunció el ceño. Había asumido que a aquella hora Joanna estaría en casa. Quizá aquel hombre lo ayudaría. Llamó a la puerta de cristal con los nudillos y el hombre, tras una breve vacilación, abrió.

—¿Puedo ayudarlo en algo? —preguntó con desconfianza.

Matt entró sin mediar palabra y dijo:

–Ya lo ha hecho –y adoptando un tono amable, aña-dió–: He venido a ver a mi esposa, la señora Novak –se corrigió–: La señorita Carlyle. ¿Sabe si está en casa?

–No lo sé –dijo el hombre, evasivo–. Lo siento.

Matt contuvo su impaciencia.

–Voy a comprobarlo. Es el tercero, ¿no?

El hombre tomó aire.

–No puede subir –dijo–. Llame de nuevo al timbre.

–La señora... señorita Carlyle es mi esposa –dijo Matt airado–. Tengo que hablar con ella.

–¿Lo espera? –preguntó el hombre.

Matt no estaba acostumbrado a ser tratado como si fuera un delincuente.

–Eso no es asunto suyo. Ahora, si no...

Pero antes de que terminara, se abrieron las puertas de un ascensor que le había pasado desapercibido, y unos pasos que repicaron en el suelo de mármol se pa-raron en seco cuando él se volvió en la dirección del sonido.

–¡Matt!

Joanna estaba a unos metros del ascensor, mirán-dolo con los ojos desorbitados con una cesta de co-lada en las manos que debía de haber recogido de la lavandería.

Matt pensó que estaba preciosa. Su cabello rubio brillaba como si el sol se ocultara entre su densa me-lena. Sus ojos, de un profundo azul, estaban enmarca-dos por unas pobladas pestañas.

–Hola, Joanna –la saludó, resistiendo la tentación de lanzar una mirada triunfal al portero–. ¿Puedes confirmarle a este caballero que nos conocemos?

Capítulo 8

JOANNA sintió que se le secaba la garganta.

—Sí, señor Johnson —dijo a regañadientes—. Conozco al señor Novak.

El hombre frunció el ceño.

—¿Novak? Ha dicho que se llamaba Carlyle.

—No, lo ha asumido usted —le contradijo Matt cortante. Empezaba a cansarse de aquel absurdo intercambio—. Pero la señora es mi esposa —miró a Joanna arqueando las cejas—. ¿No es así?

Joanna vaciló, pero consciente de la presencia del portero, contestó:

—Por el momento —respiró profundamente y dijo directamente a Johnson—. De hecho venía a decirle que mañana me voy para pasar unos días fuera —habría preferido no decírselo delante de Matt, pero lo había ido retrasando y al volver del sótano con la colada, le había parecido un buen momento—. ¿Le importaría recoger mi correo, señor Johnson?

—No se preocupe, señora Carlyle —dijo, irritando a Matt con su tono de familiaridad—. Espero que vaya a un sitio cálido. ¡Qué frío ha hecho estos días!

—¡Espantoso!

Joanna consiguió esbozar una sonrisa antes de volver hacia el ascensor, seguida de cerca por Matt. En lugar de apretar el botón, se volvió hacia él y dijo:

—¿Y bien?

—¿Y bien? —preguntó él a su vez, desconcertado—. ¿Qué?

—Supongo que has venido a hablar conmigo. Así que, habla.

—Aquí no —Matt empezaba a perder la paciencia—. Será mejor que subamos a tu apartamento.

Joanna se irguió y miró la hora. Matt vio que seguía usando el reloj que él le había regalado y se alegró de comprobar que no se había deshecho de él junto con todo lo demás.

—Lo siento, no me va bien —dijo ella con frialdad—. Debías haberme avisado de que venías a Inglaterra.

—¿Igual que tú me anunciaste que venías a Miami? —replicó Matt airado—. ¿Qué pasa? ¿Tienes otra visita? ¿Es mal momento?

—Sí y no —respondió Joanna, removiéndose incómoda—. ¿Qué quieres, Matt? Es un poco tarde para una visita sorpresa.

—¿Tú crees? —preguntó él burlón.

—Sí. Estoy ocupada.

—¿Porque te vas de viaje?

—Sí —Joanna esquivó la mirada de Matt—. Y todavía tengo que recoger el apartamento.

—¿Dónde vas? —preguntó Matt, frunciendo el ceño—. O mejor ¿con quién vas?

—¿Acaso te importa? Hace tiempo decidimos que nuestra relación había acabado.

—¿Ah, sí? ¿Antes o después de que me sedujeras?

—Yo no... —Joanna dejó la frase en el aire, preguntándose cómo reaccionaría Matt si le dijera que había esperado que la llamara durante las últimas semanas—. Espero que no vengas esperando una repetición.

—No es ese el motivo —dijo él con aspereza.

Como si percibiera su impaciencia, Joanna apretó finalmente el botón. Cuando el ascensor llegó, Matt entró con ella y Joanna no protestó, tanto por no hacer una escena como por el hecho de que, a su pesar, se alegraba de verlo.

Desafortunadamente, eso evocó la última imagen que había tenido de él, en la cama, desnudo. En aquel momento, aunque tenía aspecto cansado, seguía estando perturbadoramente guapo. Con unos pantalones negros, una camisa verde oliva y una chaqueta negra que acentuaba sus anchos hombros, su figura le resultaba de una dolorosa familiaridad. Sus facciones seguían siendo hermosas a pesar del rictus que formaban sus labios, que siempre le habían resultado fascinantes. Por un instante Joanna se preguntó si se había retrasado en ir a buscarla porque había sufrido una recaída, pero con la misma rapidez, se irritó consigo misma por ser tan ingenua.

–¿Vas a decirme dónde vas o es un secreto de estado? –preguntó Matt cuando subían.

Joanna suspiró.

–Voy a Cornwall, a ver a mamá y a Lionel.

–¿Sabe Glenys que quieres el divorcio?

–No –contestó Joanna.

De hecho había evitado hablar con ella del tema. Sabía que se habían separado, aunque Joanna nunca le había explicado los motivos. Glenys siempre había sentido debilidad por Matt, y Joanna temía que se pusiera de su lado si le contaba las acusaciones de Angus.

Matt enarcó las cejas.

–¿Por qué no se lo has contado?

–Porque no –dijo ella bruscamente–. Pero voy a hacerlo mañana mismo.

El ascensor se detuvo y, en parte para evitar que

entrara en el apartamento y le cerrara la puerta, Matt tomó la cesta con la colada de sus manos.

–Permíteme –dijo amablemente.

Joanna no se molestó en protestar. Ya que Matt se había tomado la molestia de ir hasta allí, era evidente que tenía algo que decirle.

–Podría acompañarte a ver a Glenys –sugirió él mientras ella buscaba la llave en el bolsillo.

–¡Estás loco! –Joanna lo miró por encima del hombro mientras abría la puerta–. ¿No tienes trabajo que hacer?

–Me iría bien un descanso. No sería la primera vez que voy a Cornwall.

Eso era verdad. Cuando se casaron, Glenys y Lionel les habían dado la bienvenida tanto en su piso de Londres como en la casa en Padsworth, el pequeño pueblo al que se habían mudado definitivamente, aunque Lionel seguía yendo una vez al mes a Londres para supervisar su negocio de importación de vino.

Joanna entró en el apartamento con cierta aprensión. Matt nunca había estado allí y ella habría preferido que no viera dónde vivía. Aparte de que fuera pequeño y modesto, no contenía ningún recuerdo que le pudiera recordar la vida que habían compartido. Pero desde ese instante, en el que Matt ocupó el espacio con su presencia y su magnetismo, ya no sería lo mismo. El pequeño vestíbulo que daba paso a la sala con cocina americana encogió en cuanto él entró.

Por su parte, Matt miró alrededor con curiosidad. Paredes blancas, moqueta terracota, un sofá verde. No se parecía en nada al lujoso apartamento que habían compartido en Knightsbridge, pero era acogedor. Y Matt intuía que para Joanna, era un símbolo de su independencia.

Volvió la mirada a Joanna cuando esta le quitó la cesta de las manos y lo observó con inquietud. Aun con unos vaqueros gastados y una camiseta vieja, Matt la encontraba fascinante.

–No quiero que vengas a Cornwall conmigo –dijo ella con frialdad–. Se llevarían una idea equivocada.

–¿Cuál?

–Que he cambiado de idea respecto al divorcio.

–Acabas de decirme que no se lo has dicho.

Joanna apretó los labios.

–Pero pienso decírselo. Y no he cambiado de idea.

Matt la miró con ojos entornados.

–No pretendo ofenderte, pero he de decir que se te da bien confundir a la gente.

–¿Te refieres a lo que pasó en Miami? –Joanna notó que se ruborizaba–. Eso fue... Una excepción. No volverá a pasar.

–¿Un efectos secundario de demasiado vino y de los nervios? –preguntó él con sorna.

–Algo así –Joanna dejó la cesta sobre la encimera de la cocina, intentando no dejarse intimidar por la corpulencia de Matt, que prácticamente se cernía sobre ella–. Supongo que te preguntas por qué no esperé a que despertaras.

–No estaría mal que me lo explicaras –dijo él, mirándola inquisitivamente–. ¿O temías lo que pudiera pasar?

–No seas tan engreído –dijo ella con descaro, aunque se alegró de que Matt no pudiera leer sus pensamientos–. Como has dicho, había bebido demasiado. Y-y me avergonzaba de cómo había actuado.

Matt rio con incredulidad.

–¿Siempre que bebes te acuestas con alguien?

–No –contestó Joanna indignada–. Jamás había

hecho algo así. Y tú eras... o eres, mi marido. Fue un error, pero así es la vida.

«Efectivamente», pensó Matt con amargura. ¿Cómo había podido creer que Joanna quería volver a verlo?

–¿Y por qué no me dejaste ir? Si deseas el divorcio tan desesperadamente, habría sido lo más sencillo.

Joanna no tenía respuesta. Con un profundo suspiro, se abrazó a sí misma. Matt la miró fijamente y añadió:

–No consigo entenderlo.

–Lo comprendo –dijo ella. Pero entonces tuvo un pensamiento que le permitió pasar al ataque–. En cualquier caso, te has tomado tu tiempo para venir a verme.

–Tenía mis motivos –dijo Matt con renovada frialdad.

–Quizá primero tenías que librarte de otra mujer –sugirió Joanna despectivamente–. ¿Debería sentirme halagada de que hayas venido?

–No seas sarcástica –dijo Matt–. No hay ninguna otra mujer. Y no puedes culparme porque te dejaras dominar por el miedo.

Joanna lamentó no tener la misma habilidad que él tenía para hacerle sentir expuesta, descarnada.

–En cualquier caso, si hubieras querido, podrías haberme encontrado antes –dijo airada.

–¿Era eso lo que querías?

–¡No! –saltó Joanna, pero se dijo que debía ser honesta–: Quizá sí.

–¿De verdad? –Matt pensó en la llamada de Sophie con un escalofrío–. Probablemente es lo que habría hecho, pero, como te he dicho antes... surgió algo.

Sin mirarlo, Joanna empezó a sacar la ropa de la cesta.

–Si no fue una mujer... ¿qué te ha retenido?

Los ojos de Matt adquirieron una súbita frialdad.

–Recibí una llamada anunciándome que mi padre había sufrido otro ictus. Comprenderás que esa noticia tomara precedencia sobre cualquier otra cosa.

Capítulo 9

JOANNA se volvió hacia Matt perpleja.

–¿Oliver ha sufrido otro ictus? –siempre había tenido aprecio al padre de Matt–. Lo-lo siento. ¿Cómo está? ¿No habrá...?

–¿Muerto? No, ha sobrevivido. Pero podría estar mejor.

Joanna frunció el ceño.

–¿Qué quieres decir?

Matt fue hasta la ventana y contestó:

–Este ictus le ha dejado parcialmente paralizado del lado izquierdo. No puede ni vestirse ni conducir, lo que significa que ya no puede vivir solo. Así que ya no va a poder seguir dirigiendo NovCo.

–Pero ya no tendrá que hacerlo. Pensaba que tú...

–¿Qué? –Matt se volvió con las manos en los bolsillos–. ¿Qué pensabas, Joanna? ¿Qué ocuparía mi puesto en cuanto me recuperara? Pues te equivocas –Matt sacudió la cabeza–. Dejo la compañía. Sophie es la nueva directora general.

–¡Sophie! –exclamó Joanna.

Matt se encogió de hombros.

–A ella siempre le ha gustado más el dinero que a mí, pero papá nunca se había tomado en serio su capacidad. Parece que hablar contigo le ha dado a Sophie el empuje que necesitaba para cambiar su vida. Solo se casó para agradar a mi madre, pero ahora que se ha separado de Jon y que papá no puede impedírselo, quiere aprovechar la ocasión.

Joanna estaba atónita. Cuando estaban juntos, Matt había hablado más de una vez de dejar NovCo, pero ella nunca había creído que lo hiciera.

–Eso no quiere decir que yo vaya a desentenderme completamente de la empresa –continuó Matt–. Pero he decidido que no quiero dedicarme a ella en cuerpo y alma.

Joanna estaba intentando comprender la situación.

–¿Y por eso tu padre no quiere recuperarse?

–En parte. Cuando volví de Venezuela le conté que estaba pensando retirarme, pero hasta ahora no ha creído que hablara en serio.

–¡Pobre Oliver! –dijo Joanna.

–No toda la culpa es mía –se defendió Matt–. Está empeñado en recuperar su independencia, pero no va a ser posible. Si quiere mejorar, debe seguir los consejos de los médicos y de los fisioterapeutas.

Joanna sacudió la cabeza.

–Debe de sentirse muy indefenso.

–Supongo, pero cuando vea que hablo en serio respecto a mudarme a Las Bahamas y compruebe que Sophie puede hacer bien su trabajo, aceptará la situación.

Joanna lo miró con ojos desorbitados.

–¿Qué piensas hacer en Las Bahamas? ¡Te vas a aburrir como una ostra!

–Lo dudo –dijo Matt, molesto–. Puede que escriba una novela. Pero por ahora he pensado en comprar la franquicia de un par de negocios. Necesito un cambio de vida.

Joanna estaba atónita.

–Siempre pensé que NovCo era tu vida –dijo pensativa.

–Tú eras mi vida –Matt la miró fijamente–. Cuando te fuiste me di cuenta de lo que pequeño que era mi mundo.

–¿Quieres decir que te hice un favor? –preguntó ella. Y Matt le dedicó una sonrisa burlona.

–Fue un aviso –dijo–. Debería agradecerle a Angus eso. Maldita sea, Joanna, confiaba en que hubieras cambiado de idea –resopló, frustrado–. Pero debería haberme dado cuenta de que eres digna hija de tu padre.

–¿Qué significa eso? –preguntó Joanna a la defensiva.

Matt suspiró profundamente.

–Joanna, NovCo pagó los millones de dólares de la multa de Carlyle. ¿De verdad crees que habría comprado la compañía de tu padre de saber que hacía contrataciones fraudulentas?

–NovCo había instalado la plataforma que ardió.

–Sí, pero no la construyó –dijo Matt con amargura–. Cuando el equipo de investigación estudió los restos del incendio, descubrió que el revestimiento exterior, que procedía de la empresa de tu padre, no cumplía con la normativa de seguridad.

–Papá me dijo que cambiasteis los informes para protegeros.

–Ya lo sé. Pero me gustaría saber cómo es posible cambiar los códigos de barra que identifican los materiales.

–Si papá estuviera aquí, podría explicarlo.

Matt suspiró desesperanzado. Sabía que aquella conversación era una pérdida de tiempo. Al ver que Joanna se alteraba, decidió rebajar la tensión.

–Olvídalo. Lo que haga a partir de ahora es cosa mía.

Joanna vaciló.

–La novela que piensas escribir... ¿tiene algo que ver con el accidente? –se mordió el labio inferior–. Sé que me odias, pero...

Matt suspiró.

–No te odio, Jo. Creo que confundes tus lealtades, pero nunca haría nada para herirte.

Joanna le creyó, pero le quedaba una pregunta por hacer.

–¿Por qué no me hablaste de tus planes cuando nos vimos?

–¿Cuando viniste a acusarme de no leer tus correos? ¿La noche que me sedujiste? –Matt sacudió la cabeza–. Tenías otras cosas en la cabeza.

Joanna se ruborizó.

–Tú también.

–No lo niego –Matt hizo una pausa– Siempre ha habido algo muy especial entre nosotros.

Joanna sintió un nudo en la garganta y volvió su atención a la colada.

–El sexo no lo es todo.

–Tú sabrás –Matt se sintió súbitamente exhausto y decidió rendirse. Mirándola con tristeza, añadió–: ¿Sabes qué? Se acabó. Me voy.

Después de todo, si Joanna hubiera querido verlo, se habría quedado en Miami. Había sido un ingenuo pensando que aquella noche le había hecho cambiar de idea.

Por eso mismo tampoco tenía sentido insistir en que todo lo que él había hecho desde la compra de Carlyle Construction había sido intentar proteger la reputación de su padre.

Angus había estado infinitamente agradecido cuando rescató su empresa. El padre de Joanna acumulaba un agujero financiero de una magnitud que había sorprendido a Matt a pesar de que era consciente de que, por unas circunstancias u otras, a veces los negocios fracasaban. Pero lo que no había sospechado era que la quiebra pudiera deberse al problema de ludopatía de Angus. De no haber sido por los contables de NovCo quizá nunca lo habría averiguado. Pero al ser auditado, el oscuro secreto de Angus había salido a la luz.

Matt había accedido a ocultárselo a Joanna, a pesar de que su propio padre le había considerado demasiado magnánimo. De hecho, había incumplido la ley para dar a su suegro una segunda oportunidad.

Por su parte, Angus había prometido dejar de jugar y Matt había confiado en él. Para evitar que Joanna se enterara había llegado a destruir todas las pruebas de su culpabilidad.

Hasta que había descubierto que Angus no tenía palabra.

Al recordarlo en aquel momento, Matt abandonó toda esperanza de convencer a Joanna. Ni siquiera estaba ya seguro de que le importara que siguiera creyendo las mentiras de su padre.

—Te mandaré mi dirección por si necesitas algo –dijo finalmente. Alzó la mano al ver que Joanna iba a decir algo–. Espero que tengas una buena vida, Joanna. Yo voy a intentarlo. A pesar de todo, nunca me arrepentiré de los años que hemos pasado juntos.

De pronto se preguntó qué creía Joanna que había pasado con los millones de la venta de Carlyle a NovCo y no pudo morderse la lengua.

—Este apartamento está bien, pero pensaba que usarías el dinero que te dejó Angus.

—El abogado dijo... –Joanna calló bruscamente y añadió–. No te preocupes por mi dinero. Estoy muy bien aquí.

Matt dio un paso hacia ella y Joanna pensó que iba

a abrazarla. Su rostro estaba muy próximo al de ella, de manera que pudo oler la mezcla de su olor natural y de su colonia. De pronto recordó la maravillosa sensación de encontrarse en sus poderosos brazos e, inconscientemente, se inclinó hacia él. Pero Matt la frenó con una mano.

—No, Joanna —dijo con voz ronca—. Es demasiado tarde. No pienso ser tu chivo expiatorio.

—Nunca lo has sido —dijo Joanna. El pánico la saltó al intuir que si le dejaba ir, no volvería a verlo—. Matt...

Pero él iba ya hacia la puerta. Sin embargo, y aun en contra de sí mismo, se volvió, la tomó por la nuca y le dio un beso salvaje, casi cruel. Cuando levantó la cabeza, Joanna estaba aturdida.

—En cuanto al divorcio, mis abogados se pondrán en contacto con los tuyos en cuanto vuelva a Estados Unidos. Espero que te sirva de consuelo en las largas y frías noches de invierno.

Capítulo 10

JOANNA estaba inclinada sobre el retrete cuando oyó que llamaban a la puerta del dormitorio.

Solo podía ser su madre. Glenys se había quedado preocupada la noche anterior al ver que vomitaba la cena. Y, evidentemente, su inquietud había aumentado al no verla en la mesa del desayuno.

Cuando salió del baño, su madre la estudió con sus penetrantes ojos azules.

–¿Cariño, estás indispuesta? ¿Crees que es por el risotto de anoche? Lionel jura que los langostinos eran frescos, pero...

Joanna suspiró, irguiéndose. Era tentador aceptar la explicación de su madre, pero llevaba tres semanas evitando aceptar la verdad. Y esa no era la solución.

–El risotto estaba delicioso –dijo, posponiendo la conversación con su madre–. Estás muy guapa –añadió para distraerla.

Y no mentía. Con una camiseta rosa y pantalones cortos, su madre estaba rejuvenecida.

–Gracias, cariño.

Joanna se miró en el espejo de la coqueta. La camiseta holgada conseguía ocultar sus senos agrandados. Retirándose el cabello, se lo recogió en lo alto de la cabeza.

Glenys la miró con ansiedad.

–¿Sigues pensando en volver mañana a Londres?

–No puedo retrasarlo –Joanna sonrió–. El fin de semana me ha sentado fenomenal.

–Tengo que admitir que me llevé una alegría cuando dijiste que venías a visitarnos de nuevo. ¡Dos visitas en un mes! –Glenys hizo una pausa–: ¿Tiene algo que ver con Matt?

–¿Qué te hace pensar eso?

–No sé. ¿Ha ido a verte otra vez?

–No –dijo Joanna a la defensiva–. Ya te he dicho que vamos a divorciarnos.

–Ya... pero desde que viniste tengo la sensación de que tienes algo en la cabeza.

En eso acertaba plenamente.

–David cuenta conmigo –dijo Joanna para cambiar de tema–. Agosto es un mes muy ajetreado. Y me paga un sueldo.

Glenys resopló burlonamente.

–Dudo que necesites su dinero, Joanna. A pesar de lo que dices de él, estoy segura de que Matt te pasa una generosa pensión.

–No toco su dinero.

–Pero supongo que tu padre te dejó en una buena situación –dijo su madre, impacientándose–. Me dijiste que Matt compró su compañía por varios millones.

Joanna no quería hablar de ese tema, y menos después de lo que Matt había insinuado.

No podía negar que se había sorprendido cuando el abogado de su padre le había anunciado que Angus había muerto prácticamente en bancarrota. Y aunque cuando se ejecutó el testamento había quedado algo de metálico, no podía comprender qué había pasado con el resto del dinero.

–Me gusta mi trabajo –dijo, pasando por alto el comentario de su madre–. Y ser independiente.

–A Lionel y a mí nos preocupa que vivas sola en Londres.

Joanna suspiró y decidió aprovechar el pie que le daba su madre:

–No voy a estar sola por mucho tiempo –dijo. Y al ver que su madre abría los ojos como platos, añadió sonriendo: Creo que estoy embarazada, mamá. Tengo que ir al médico para confirmar...

–¡Estás embarazada! ¡Voy a ser abuela! –exclamó Glenys. Y con mucho menos entusiasmo, añadió–: Supongo que el padre es David.

–¡No! –a Joanna le indignó que su madre hiciera esa suposición–. David solo es un amigo. De hecho, tiene pareja. Un hombre. Pero no se lo digas a nadie.

–Tranquila –dijo su madre, claramente aliviada–. ¿Entonces, de quién es?

–De Matt. Pasamos la noche juntos cuando fui a verlo a Miami.

Glenys la miró desconcertada.

–Me habías dicho que fuiste a pedirle el divorcio.

–Y así fue.

–Es increíble. Después de tanto tiempo intentándolo... –Glenys dejó la frase en suspenso.

–Precisamente. No pensé que pudiera quedarme embarazada con tanta facilidad.

–¿Se lo has dicho ya? –preguntó Glenys.

–No –a Joanna le irritó que su madre estuviera tan contenta–. Fue un error, mamá. Ahora tengo que pensar qué hacer.

–¡Matt y tú siempre habéis querido tener familia! –exclamó su madre.

–Sí, pero ya no estamos juntos –dijo Joanna, suspirando.

–¿Qué quieres decir? Vas a decírselo, ¿no? Es su hijo –dijo Glenys.

Como si pudiera olvidarlo.

Cuando llegó a Londres, Joanna seguía indecisa. Sabía que tenía que decírselo a Matt, pero no quería que creyera que lo hacía para pedirle ayuda económica, aunque fuera cierto que el dinero que le había dejado su padre no fuera a ser suficiente para pagar una niñera. En cualquier caso, tendría que declinar la invitación de David a convertirse en socia de la galería.

Su madre había insistido en que no le quedaba otra opción que contárselo a Matt, le había recordado que en unos meses no podría seguir trabajando y le había invitado a mudarse a Cornwall con ella para el final de embarazo.

Joanna se fue prometiéndole que no haría nada sin consultarlo con ella, y se dio cuenta de hasta qué punto estaban unidas desde la muerte de su padre.

David la recibió con los brazos abiertos.

–Te he echado de menos. Empezaba a pensar que no querías invertir en la galería. ¿Novak ha dado señales de vida?

–No. Para él nuestro matrimonio está acabado.

–Ya sabes que soy muy celoso –bromeó David–. Lo cierto es que no te ha venido a buscar. A lo mejor está con otra.

A Joanna le molestó ese comentario.

–Ya te dije que no fue por eso por lo que tardó en dar señales de vida –dijo cortante–. Su padre sufrió otro ictus –tras una pausa, añadió–: Puede que ya se haya ido a Las Bahamas. Va a escribir un libro.

–¿No será que huye para que no le pidas que te aumente la pensión?

A Joanna le irritó la insinuación.

—No quiero ninguna pensión —dijo con aspereza—. Matt sabe que puedo mantenerme a mí misma.

Pero lo cierto era que en aquel momento era más consciente que nunca de los problemas que acarreaba estar embarazada. Y aunque no sabía por qué, le inquietaba contárselo a David.

—¡Estás loca! —dijo él. Joanna temió haber pensado en voz alta, pero le alivió comprobar que no era así cuando David añadió—: Yo le sacaría todo el dinero posible.

Joanna recibió la confirmación de su estado por boca del médico y salió de la consulta con varios panfletos informativos.

El doctor Fould le había dicho que el bebé nacería en primavera, y a pesar de todos sus temores, Joanna estaba exultante. Pronto sabría qué pensaba Matt.

Finalmente, había decidido que tenía que contárselo. Para ello confiaba encontrarlo en su apartamento de Nueva York a primera hora de la mañana. Había pasado un mes desde su visita y Joanna suponía que Oliver seguiría en el hospital y que Matt aún no se habría ido.

Por la diferencia horario, tuvo que llamar en horas de trabajo, así que salió de la galería para evitar que David la oyera. Acomodándose en un café al que solía ir por las mañanas, marcó su número.

En tono de llamada sonó numerosas veces. Cuando ya iba a darse por vencida, contestó una lánguida voz de mujer.

—¿Sabe qué hora es?

La voz no le resultó familiar y Joanna temió que David tuviera razón. Estuvo a punto de colgar, pero dijo:

–¿Eres Sophie? ¿Está Matt? Necesito hablar con él.

La mujer suspiró con impaciencia.

–No soy Sophie y Matt no está aquí. En cualquier caso, no creo que le gustara recibir una llamada tan temprano. Llámelo al móvil.

Joanna tenía la boca seca, pero se obligó a admitir:

–Tengo el teléfono de su despacho, pero no su móvil.

La mujer volvió a suspirar.

–Deme su nombre y le diré que ha llamado.

–No –Joanna solo quería terminar la llamada–. No tiene importancia. Ya llamaré en otro momento.

–Vale –dijo la mujer con indiferencia–. Yo tampoco sé su móvil. Se lo darán en el despacho.

–Gracias –dijo Joanna. Y al colgar se dio cuenta de que temblaba.

Dejó el dinero en la mesa y salió precipitadamente. En la calle notó los ojos llenos de lágrimas. Una mujer estaba en el apartamento de Matt. Una mujer que contestaba el teléfono a las seis de la mañana con voz somnolienta.

Se planteó volver a llamar por la tarde, pero le espantaba la idea de dar a Matt la noticia de su embarazo cuando estaba acompañado de su nueva novia. Después de lo enfadado que se había ido de su apartamento y de la llamada telefónica de la mañana, Joanna ya no tenía ni idea de cómo reaccionaría.

Suspiró profundamente. Por el momento, se guardaría el secreto del bebé para sí. Se lo contaría a Matt cuando estuviera preparada para ello. Y si se enfadaba, le diría que él tampoco había sido sincero con ella.

Capítulo 11

MATT Novak viró el timón de su elegante bote de competición hacia la orilla y, agachándose para evitar la botavara, lo guio con suavidad hacia el amarre en Long Point.

Era relativamente temprano, pero hacía días que le resultaba difícil dormir más allá de las seis de la mañana y había empezado a salir a navegar antes que muchos de los demás dueños de barcos.

–¿Todo bien, señor Matt?

Henry Powell lo esperaba en el muelle. Atrapó el cabo que Matt le lanzó y lo ató al anillo de amarre.

–Perfectamente –dijo Matt, retirándose el cabello de la cara–. Hace un día precioso, Henry.

–Todos los días son así en Cayo Cale –dijo Henry con orgullo.

Era un hombre mayor, fornido, con el rostro tostado por el sol. Él y Matt se conocían desde que el padre de este lo había llevado de niño a pasar allí unas vacaciones.

Oliver Novak había comprado una villa en Long Point que desde hacía unos años alquilaba en invierno, y Henry estaba encantado de que Matt hubiera decidido ocuparla permanentemente.

–Tiene una visita, señor Matt –anunció Henry con cautela, como si intuyera que no era una buena noticia.

Matt se tensó, temiendo que se tratara de su madre.

–¿Quién?

–La señorita Sophie.

Que se tratara de Sophie desconcertó y alarmó a Matt a partes iguales. La única explicación posible de su visita era que le hubiera pasado algo a su padre o a la empresa.

–¿Parece preocupada? –preguntó.

Henry sacudió la cabeza.

–En absoluto –contestó animado–. La he dejado tomando café con Teresa.

Matt sacó el teléfono del bolsillo. No tenía mensajes urgentes. ¿Por qué no le habría avisado Sophie de su visita?

El muelle en el que se encontraba estaba a poca distancia de la villa. Hacia la izquierda se extendía una de las preciosas playas de arena blanca de la isla, limitada en el otro extremo por un promontorio rocoso; a su izquierda, la playa se transformaba en un manglar tras el que se cobijaba el fondeadero de la bahía de Cable, uno de los emplazamientos favoritos para la comunidad navegadora. A poca distancia quedaba el pequeño pueblo de Cayo Cable, y el diminuto aeropuerto de Cable West.

Matt se encaminó a la villa por un sendero bordeado de poinsetias, hibiscos en flor y otros arbustos que daban la nota de color a la barrera de palmeras que ocultaban la casa de la vista. Oliver había querido crear un oasis de tranquilidad en medio de una isla relativamente turística.

Mientras avanzaba por el sendero de gravilla que crujía a su paso, Matt se tranquilizó diciéndose que, de tratarse de una cuestión de vida o muerte, su madre lo habría llamado.

Encontró a Sophie relajándose en el porche que rodeaba la villa.

–Hola –saludó a Matt. Y cuando este le dio un beso en la mejilla, exclamó–: ¡Necesitas un afeitado!

Matt se encogió de hombros.

–No voy a ir a ninguna parte. ¿Qué tal va todo en Nueva York?

–Fenomenal. Hemos cerrado el contrato para la nueva explotación en el Ártico. Según Andy Reichert vamos a superar las previsiones de este año.

Matt hizo una mueca.

–Me alegro por Andy.

–¿Estás celoso?

Matt negó con la cabeza.

–Siempre he pensado que era un buen vicepresidente. Felicítalo de mi parte.

–Lo haré.

–Tú sí que lo estás haciendo bien, pero dudo que estés aquí para pavonearte de vuestro éxito. ¿Pasa algo? ¿Están bien papá y mamá?

Sophie pareció titubear.

–Sí, sí perfectamente. Papá empieza a asumir sus limitaciones y mamá está encantada de tenerlo en Miami.

–Me alegro –dijo Matt, intentando dominar su impaciencia–. Entonces ¿a qué se debe esta visita sorpresa? Deberías...

–¿Has visto a Joanna últimamente? –preguntó Sophie a bocajarro.

Matt frunció el ceño.

–No. Sabes que estamos divorciados, Sophie.

–¿Te ha llamado?

–No. ¿A qué vienen esas preguntas?

Sophie suspiró.

–Solo era curiosidad. ¿Crees que te avisaría si pensara en volver a casarse?

La pregunta de Sophie golpeó a Matt en el pecho. Por un instante no pudo respirar. Lentamente, se sentó en una silla frente a su hermana.

Sophie se inquietó y al ver a Henry acercarse a la villa dijo:

–¿Podría traer un poco de brandy para el señor Matt?

–Claro –dijo Henry. Pero Matt lo detuvo.

–No, Henry, tráigame un café.

Cuando se quedaron a solas, preguntó a Sophie.

–¿Quién te ha dicho que va a casarse?

–Nadie –Sophie parecía incómoda–. Solo ha sido una suposición.

–¿Has hablado con ella?

Sophie se encogió de hombros.

–No, solo la he visto.

–¿Y qué te hace suponer...?

Sophie pareció angustiada.

–No soy yo quien debe darte explicaciones. Siento que la noticia te desagrade.

–Joanna es libre de hacer lo que quiera –dijo Matt reflexivo–. Sería un detalle por su parte avisarme de que piensa casarse, pero no tiene por qué hacerlo –hizo una pausa–. ¿De dónde sale la noticia? ¿De la oficina de Londres?

–Pasé por Londres hace una semana –explicó Sophie a regañadientes– y se me ocurrió ir a visitarla a la galería.

–¿Por qué no hablaste con ella? –preguntó Matt.

–Eso pensaba hacer –Sophie vaciló–. Iba a bajar del taxi cuando la vi. Estaba con un hombre y parecían muy... acaramelados. De hecho, él la besó. Así que le dije al taxista que me llevara de vuelta a la oficina.

Matt contuvo un exabrupto. Tenía que ser Bellamy. Apretando los dientes, preguntó:

–¿Qué quieres que haga, que vaya a hablar con ella?

–Pensaba que le gustaría verte.

Matt frunció los labios.

–No tiene ningún sentido.

–Supongo que no –dijo Sophie, encogiéndose de hombros como si se hubiera cansado del tema.

Matt la miró con expresión sombría. Joanna siempre le había dicho que Bellamy y ella solo eran amigos. Y aunque no debía afectarle, la idea de que estuviera con otro hombre se le hacía insoportable.

–En lugar de venir a contármelo, deberías haber hablado con ella directamente –dijo malhumorado.

–No habría sabido qué decirle.

–¿Y crees que yo sí?

En ese momento llegó Henry con la cafetera y dos tazas.

–Yo me ocupo, Henry, gracias –dijo Sophie.

Llenó las dos tazas y le pasó una a Matt.

–Bébetelo. Pareces necesitarlo.

–¿Tú crees? –dijo en tono hosco–. Sophie, no he visto a Joanna en... ¿cinco meses?

–Pero fuiste a verla después del ictus de papá. Pensé que quizá os habíais reconciliado.

–Estabas equivocada –dijo Matt.

–Pero la acompañaste al hotel en Miami –Sophie vaciló antes de preguntar–: ¿Os acostasteis?

–No creo que sea asunto tuyo –contestó Matt.

Sophie lo miró con ojos desorbitados.

–Estabas con ella cuando te llamé para contarte lo de papá, ¿verdad? Por eso no contestabas al teléfono. Dios mío, Matt, pensaba que tenías más sentido común.

Aunque ya no pudiera hacer nada al respecto, Matt coincidía en eso con su hermana.

Capítulo 12

JOANNA fue al despacho con una taza de té. Había dejado de beber café y no lo echaba de menos a pesar de que tenía que admitir que estaba cansada. Cada día le costaba más madrugar para ir a la galería.

Para consolarse, se recordó que en un par de días se tomaba la baja. Estaba embarazada de más de seis meses y había aceptado la invitación de su madre para pasar en Cornwall las últimas semanas.

En cuanto al futuro, no tenía ni idea. Solo sabía que durante el embarazo había establecido un vínculo con la vida que crecía en su interior. Que ese ser fuera también parte de Matt era un dilema para el que no había encontrado solución.

Pensaba en su exmarido frecuentemente, y en el hecho de que no supiera que esperaba un hijo, pero había decidido esperar a que naciera para contárselo.

Inicialmente, había creído tener razón al no llamarlo de nuevo, diciéndose que solo conseguiría ponerlo en una situación incómoda. Y porque no quería que sintiera lástima de ella. Aunque no supiera hasta qué punto iba en serio su relación con la mujer que había contestado el teléfono, la forma en que se había ido de su apartamento la había convencido de que no quería volver a saber nada de ella.

Pero a medida que el bebé crecía, supo que se estaba engañando y que Mat tenía que saberlo. Aunque ella no le importara, su hijo sí le importaría.

También había justificado su retraso en llamarlo por el hecho de que Matt no hubiera puesto ningún obstáculo al divorcio y porque ni siquiera se hubiera planteado que su noche juntos hubiera podido tener consecuencias. Aunque ¿cómo iba a sospecharlo cuando durante años todos sus intentos habían fracasado?

En cualquier caso, Matt había desaparecido de su vida, y Joanna mitigaba su sentimiento de culpa diciéndose que tendría tiempo para tomar una decisión cuando el bebé naciera, La última correspondencia que había mantenido con su abogado citaba la dirección en Cayo Cable, lo que confirmaba que se había ido a vivir a Las Bahamas.

¿Solo?

Joanna apartó ese pensamiento de su mente y se concentró en repasar los detalles de la inauguración que iba a tener lugar la siguiente semana. Desde que era socia de la galería, había abierto una página Web a través de la que enviaba información periódica e invitaciones, lo que les había dado acceso al público que se enteraba de eventos solo por las redes sociales.

El joven artista al que promocionaban era uno de sus favoritos, y confiaba en que la exposición fuera un éxito. Desafortunada o afortunadamente, según se viera, ella no estaría presente. En contra de la opinión de David, se marchaba el sábado a Cornwall aunque estaba segura de que echaría de menos la galería.

A pesar de que había descubierto lo caro que le iba resultar tener una niñera, había podido invertir en la galería y asegurarse el futuro. Inicialmente había pensado que tendría que optar entre una cosa u otra, pero cuando el abogado de Matt, a instancias de este, le había propuesto comprar sus acciones en NovCo, Joanna había decidido que aceptaría en nombre de su padre.

Mientras bebía el té, oyó la puerta de entrada y

asumió que sería su socio, que volvía de comer con un rico coleccionista. Pero al ver que David no se acercaba al despacho, Joanna pensó que podía tratarse de un cliente.

Dejando el té en el escritorio, salió a la sala de exposición y miró a su alrededor, pero no vio a nadie. Como las esculturas que había expuestas en aquel momento eran unas grandes piezas de bronce que le tapaban la vista, llamó:

—¿Hola? ¿Puedo ayudarlo?

—Eso espero.

La voz, a pesar del tono sarcástico, era tan reconocible que Joanna se quedó paralizada

Matt, en vaqueros y con una cazadora de cuero con el cuello levantado para protegerse de la lluvia, salió de detrás de una de las esculturas.

—Matt —dijo ella, tomando aire—. ¿Qué haces aquí?

—¿Tú qué crees?

Al ver a Joanna, Matt se alegró de haberse acercado a la galería antes de ir a hablar con ella.

A pesar de que inicialmente se había resistido a hacer aquel viaje, algo de lo que Sophie había dejado entrever y la seguridad de que no había sido totalmente sincera, le habían impulsado a cambiar de idea. Había llegado a Londres la tarde anterior y en cuanto se registró en el hotel, hizo que el chófer lo acercara a la galería.

Para cuando llegaron, había oscurecido. Joanna salía en aquel momento, sola, envuelta en una capa con la que intentaba disimular su estado, pero Matt había entendido al instante lo que Sophie no le había llegado a decir.

Joanna estaba embarazada. ¿De cuánto tiempo? ¿De quién era el bebé? ¿Por qué no se había molestado en decírselo?

En aquel momento no se había sentido capaz de hablar con ella. Había pedido a Jack que lo llevara de vuelta al hotel y había pasado el resto de la tarde emborrachándose para borrar la imagen de su esposa con otro hombre en la cama.

Por la mañana había llamado a Sophie a Nueva York, a pesar de que allí era plena noche, para volcar en ella su frustración.

«¿Por qué demonios no me lo dijiste? Al menos habría estado sobre aviso».

Más tarde había vuelto a llamar para disculparse. Pero aunque comprendiera que si el hijo no era suyo Joanna no tenía por qué hacerlo, no podía dejar de preguntarse por qué no se lo había contado.

Quizá estaba torturándose por algo que no tenía nada que ver con él. Y encima tenía un espantoso dolor de cabeza producto de la resaca.

Dio un paso adelante.

—Deja que te vea —dijo con frialdad—. Pensaba que a lo mejor querías contarme algo —deslizó la mirada descaradamente por el cuerpo de Joanna. Deteniéndose en su abultado vientre, añadió sarcástico—: Ya veo que sí.

La arrogancia de su exmarido borró cualquier sentimiento de culpa que Joanna pudiera albergar.

—¿Qué te hace pensar que tengo algo que contarte? Que yo sepa, no te he pedido nada —dijo, llevándose la mano instintivamente al vientre.

Matt la miró enfadado y de pronto tuvo la certeza de que el bebé era suyo. Joanna nunca había sabido mentir.

—¿Cuándo pensabas decírmelo? —exigió saber, emocionado—. Sabes que tengo derechos en lo que afecta a ese bebé.

A pesar de su indignación, Joanna no pudo evitar

encontrar a Matt irresistible. Estaba bronceado, se había cortado el pelo y tenía aspecto relajado. Claramente, estaba disfrutando de la vida y era totalmente inconsciente de hasta qué punto había participado en cambiar la de ella

–En Reino Unido los derechos de la madre prevalecen sobre los del padre –dijo en tensión, sin darse cuenta de que acababa de admitir que era su hijo.

Matt apretó los puños al ver sus dudas disipadas. Tomó aire.

–Muy bien, esperaré a que el bebé nazca para demostrar mi paternidad. Estoy seguro de que en un juicio...

Joanna alzó la mano.

–No hace falta –dijo con voz temblorosa–. Es tu bebé. No lo niego.

–¿Y por qué no me lo habías dicho?

–Lo-lo intenté –balbuceó Joanna–. Te llamé a Nueva York, pero contestó una mujer.

–¿Qué mujer? –Matt frunció el ceño–. ¿Cómo se llamaba?

–No lo sé. ¿Has tenido tantas que no sabes quién puede ser?

–No digas tonterías –dijo Matt–. Sería la mujer de Andy Reichert. Él y su familia se han instalado temporalmente en mi apartamento... O tal vez su hija.

Joanna se ruborizó.

–¿Cómo iba a saberlo? Quienquiera que fuera, me dijo que no estabas y que llamara más tarde.

–¿Le dijiste quién eras?

–No –Joanna suspiró.

–¿Llamaste más tarde?

–No... Pensé que...

–Ya sé lo que pensaste –Matt contuvo su enfado a duras penas–. ¿Cómo crees que me he sentido al ser mi hermana la que me ha insinuado lo que estaba pasando?

–¿Sophie? ¿Cómo lo ha sabido? –preguntó Joanna desconcertada.

–Estaba en Londres y pensó en venir a verte.

–Pero no lo hizo.

–Sí, aunque se fue sin saludarte. Sophie es muy discreta. ¿Qué querías que hiciera?

–No lo sé. Quizá podría haberme aconsejado qué hacer.

Matt estaba haciendo un esfuerzo sobrehumano para mantener la calma. Después de lo que habían pasado para intentar tener un hijo, Joanna se quedaba embarazada y no se lo decía porque creía que tenía una relación.

¿Estaría ella viendo a alguien? Aunque Joanna había conseguido meses atrás que dejara de sentir algo por ella y aunque fuera un sentimiento irracional, no soportaba la idea de que saliera con otro hombre.

–¿Y ahora qué? –preguntó crispado–. Por lo que dices, deduzco que has hecho planes. Confío en que uses el dinero que deposité en tu cuenta para darte un respiro.

Joanna tragó saliva. ¿Debía decirle que iba a ir a casa de su madre? Si no lo hacía, Matt era capaz de volver a buscarla a la galería.

–La verdad es que... –empezó. Pero en ese momento se abrió la puerta y entró David.

Era evidente que llegaba de buen humor y Joanna dedujo que había tenido éxito con el coleccionista y que debía de haber tomado un par de copas.

Pero su expresión cambió en cuanto vio a Matt.

–No sabía que esperaras visita, Joanna –dijo con desdén.

–He venido de sorpresa aprovechando que estaba

en Londres –Matt se adelantó a Joanna–. No todos los días se descubre que tu exmujer se ha enterado después divorciarse de ti que espera un hijo tuyo.

David miró a Joanna espantado.

–¿Es su hijo? –exclamó.

Joanna gimió. Había evitado decirle a David quién era el padre, dejándole creer que era alguien a quien había conocido en Miami.

Matt sonreía con suficiencia.

–Claro que es mi hijo. ¿Por qué crees que estoy aquí?

Joanna mantuvo el rostro impasible. No debía tomarla por sorpresa que el único interés de Matt fuera reclamar a su hijo. Habría sido una ingenua si hubiera pensado que ella le importaba lo más mínimo.

–¿Hasta cuándo va a quedarse? –le preguntó David, interrumpiendo el flujo de su pensamiento–. ¡No me digas que piensa a ir contigo a Cornwall!

Capítulo 13

POR QUÉ no se habría quedado David callado? Joanna ya no podía mantener sus planes en secreto.

–Claro que no –dijo–. Ni siquiera sabía que estuviera aquí. ¿Por qué iba a pedirle que me acompañara?

–No lo sé –David miró a Matt con frialdad–. Como es el padre, querrá reclamar sus derechos.

Matt lo miró con igual desprecio y dijo:

–Es posible. ¿Te importaría dejarnos a solas?

–Si Joanna quisiera verte, te habría llamado –dijo David beligerante.

–¿Tú crees? –Matt miró a Joanna inquisitivo–. Por lo visto, tampoco a ti te ha dicho quién era el padre.

–Probablemente porque se avergonzaba de que fueras tú –replicó David airado. Se volvió hacia Joanna–. ¿Quieres que le eche?

–Prueba a hacerlo... –dijo Matt amenazador–. Esfúmate, Bellamy.

–No te permito que me hables así.

–Ya lo he hecho.

–¡Por favor! –exclamó Joanna–. ¿Podemos tranquilizarnos todos un poco?

Afortunadamente su exmarido le hizo caso y preguntó:

–¿Vas a pasar el resto del embarazo en Padsworth?

Joanna se llevó las manos a los riñones para aliviar

el dolor de espalda que sentía. Matt pensó que debía estar cansada de permanecer de pie, pero estaba seguro de que no se dejaría ayudar.

—Es posible —dijo Joanna con premeditada ambigüedad.

David decidió volver a intervenir.

—Nadie te necesita, Novak. ¿Por qué no lo aceptas y te marchas?

Matt hizo como que no lo oía y Joanna se lo agradeció. Su exmarido podía ser peligroso cuando se enfadaba. Bastante le estaba costando lidiar con Matt, sabiendo que estaba furioso con ella, como para tener que intermediar entre él y David, por muy bien intencionada que fuera su intervención.

Aparentemente, Matt llegó a la misma conclusión.

—Creo que debemos hablar en privado —dijo, haciéndose eco de sus pensamientos—. Podemos ir a mi hotel o a un café que hay a un par de manzanas.

—Muy bien —dijo ella, desviando la mirada de David—. Voy por mi abrigo.

—No tienes por qué ir con él —dijo Bellamy, siguiéndola al despacho.

—Es mejor así —dijo ella, poniéndose el abrigo—. Además, había pensado irme un poco antes hoy. Hace una tarde tan desapacible que dudo que venga ningún cliente.

David la miró enfurruñado.

—Quería contarte mi comida con Theo Konstantinos —protestó, pero Joanna sacudió la cabeza.

—Tendrás que esperar a mañana —dijo.

Una limusina esperaba en la esquina, estacionada en zona prohibida. Pero Joanna no quería subirse a un coche con Matt.

—Solo son dos manzanas —dijo, echando a andar—. Yo que tú le diría al chófer que se mueva. La policía es muy estricta en esta zona.

Matt frunció el ceño. Estaba acostumbrado al clima de Miami y caminar bajo aquella lluvia, por corto que fuera el trayecto, le parecía una locura, pero cedió y, deteniéndose junto al coche, le dijo al chófer que lo llamaría si lo necesitaba. Luego siguió a Joanna, asombrado de que continuara llevando tacones.

El café estaba repleto y solo quedaban un par de taburetes en la barra. Cuando Joanna empezó a subirse a uno con cierta dificultad, Matt preguntó:

–¿Necesitas ayuda?

Joanna lo miró con sorna.

–Estoy embarazada, Matt, no senil.

Él ocupó otro a su lado y rozó con su brazo el vientre de Joanna involuntariamente. A través del abrigo, lo notó más firme y duro de lo que habría imaginado. Siempre había creído que sería blando y acolchado.

Se dio cuenta de que quería tocarlo, incluso sentir una patada del ser que crecía allí dentro. Que fuera su hijo ponía todo bajo una nueva perspectiva.

Matt pidió un café y Joanna un agua mineral.

–¿Quieres comer algo? –preguntó él.

Joanna esbozó una sonrisa.

–¿No crees que estoy ya bastante gorda? No, gracias. Pero si tú...

–No tengo hambre –Matt dudaba que fuera a recuperar el apetito–. Y no estás gorda. Solo... embarazada.

¡Y todavía le costaba asimilarlo!

Por su parte, Joanna se preguntaba si él estaba tan nervioso como ella, aunque sabía que Matt Novak nunca se ponía nervioso. Aun así, estaba más pálido que cuando había entrado en la galería y parecía no salir de su perplejidad. Decidió tomar la iniciativa.

–¿Qué fue lo que te dijo Sophie para que te animaras a venir?

Matt arqueó las cejas al tiempo que la camarera les llevaba las bebidas.

—Me preguntó si ibas a volver a casarte.

Joanna lo miró sorprendida y Matt se sintió aliviado.

—¿Qué le hizo creer eso?

—Supongo que pensó que me haría reaccionar.

Joanna asintió.

—Sabiendo que no soportas que nada escape de tu control, debió pensar que te sacaría de quicio que fuera a hacer algo sin que lo supieras —dijo, acercándose el agua.

—Voy a hacer como que no te he oído —replicó él—. Aunque tengo que admitir que me molestaba que fueras a casarte con Bellamy.

Joanna suspiró, pero no se molestó en sacarlo de su error.

—¿Sabía Sophie que nos habíamos acostado?

—Me lo preguntó —dijo Matt a modo de respuesta mientras echaba azúcar en el café.

—¿Pero no te dijo que estaba embarazada?

—No, ya te he dicho que es muy discreta. O puede serlo, según las circunstancias.

—¿Así que tu madre no sabe que estás en Inglaterra?

—No. Mi padre ocupa todo su tiempo.

—Es verdad, Oliver... ¿Cómo se encuentra? —Joanna se avergonzó de no haber preguntado antes por él—. ¿Qué tal está?

—Va mejorando, aunque avanzaría más deprisa si dejara de pelearse con el fisioterapeuta —Matt hizo una mueca—. Sigue siendo un paciente difícil. No va a recuperar el uso de la mano izquierda, pero todos le recordamos que debe dar gracias de estar vivo.

—Por favor, dale recuerdos de mi parte cuando lo veas —dijo Joanna.

–Lo haré –dijo Matt. Y tras una pausa, preguntó–: ¿Qué tal has estado tú?

–Bastante bien –Joanna bebió agua–. Al principio tuve algunas náuseas, pero es normal. Y últimamente estoy cansada al final del día, pero también es normal. Suelo acostarme temprano.

Joanna se dio cuenta de que estaba hablando de más y se mordió la lengua. Matt no estaba interesado en un informe detallado de su estado. Su respuesta fue típica de él.

–No deberías seguir trabajando. Y menos para Bellamy.

–David se ha portado muy bien conmigo –Joanna vaciló antes de añadir–. Además, ya no trabajo para él. Con el dinero de las acciones de NovCo me hice su socia.

–¡Bromeas! –dijo Matt airado–. ¿Qué viene después? ¿Casaros para compartirlo todo?

–Matt, estás muy equivocado respecto a David –Joanna sacudió la cabeza y, aunque habría preferido evitarlo, añadió–: Sería más fácil que se interesa por ti que por mí.

Matt se quedó boquiabierto.

–¡No puedo creerlo!

–Es un tema privado, pero ya que te lo he dicho, debes saber que tiene pareja. Llevan unos cinco años juntos.

Matt asimiló la información con una mezcla de alivio e incredulidad. Pensó que debía disculparse con Bellamy, pero también se dio cuenta de que no podía hacerlo sin traicionar la confianza de Joanna.

Esta respiró profundamente.

–De todas formas, como has oído, voy a tomarme la baja después de esta semana.

–¿Para ir con tu madre? –Matt escrutó su rostro–. ¿Es eso lo que quieres?

Joanna se encogió de hombros.

–Lo sugirió ella –dijo a la defensiva, siguiendo con la uña una marca de la barra–. Le parecía mal que no te dijera lo del bebé. Cuando te he visto, he pensado que te había avisado ella.

Matt vaciló antes de preguntar:

–¿Y cómo te hace sentir la idea de pasar los próximos meses en Cornwall?

–Bueno... –Joanna suspiró y Matt esperó expectante a que continuara–. No puedo seguir trabajando en la galería y mamá y Lionel han sido muy amables invitándome a su casa.

Matt pensó posesivamente que Joanna estaba embarazada de su hijo y que tenía derecho a opinar sobre sus decisiones, pero antes de que reaccionara, ella añadió algo que le dio una idea.

–He sabido por tu abogado que estás viviendo en Las Bahamas.

–Te dije que iba a comprar un par de negocios en Cayo Cable –dijo Matt, quitándole importancia–. Estoy contribuyendo a estimular el turismo en la isla. Y aunque no he empezado la novela, sí he escrito un par de artículos para un periódico local.

Joanna estaba impresionada.

–¿Y eso llena tu tiempo?

–Eso y navegar –contestó Matt, que quería retomar el tema anterior–. ¿Para cuándo esperas el bebé?

Al ver que Joanna vacilaba se preguntó si pensaba mentirle. Pero finalmente contestó:

–A mediados de marzo.

–¿Te han dado una fecha?

Matt la observó atentamente. Su brazo rozó el de ella y Joanna sintió una sacudida eléctrica que intentó justificar por una reacción de sus hormonas. Una mujer había comentado en la clínica que encontraba a su marido irresistible desde que estaba embarazada, y Joanna no podía negar que eso era lo que pensaba de Matt en aquel momento.

–¿Qué más te da? –preguntó airada–. Dudo que vayas a estar conmigo cuando nazca el niño.

–¿Es un chico? –exclamó Matt, concentrándose en esa parte de lo que le había dicho–. ¡Dios mío, Joanna! ¿Pensabas privarme de ver a mi propio hijo?

Joanna se sonrojó. Matt había alzado la voz y estaba segura de que los clientes más próximos habían oído la acusación. Varios volvieron la cabeza con una mezcla de curiosidad y de reproche.

–Quiero irme de aquí –dijo bruscamente. Ajustándose el bolso al hombro, bajó del taburete–. Gracias por la bebida.

–Espera.

Pero Joanna ya no le escuchaba e iba hacia la puerta con la cabeza gacha. Solo quería llegar a casa para encerrarse en su apartamento.

Y dejar rodar las lágrimas que amenazaban con terminar con la poca autoestima que le quedaba.

Capítulo 14

JOANNA sabía que Matt la seguiría y se arrepintió con todo su corazón de no haber ido en coche para poder salir huyendo. Pero desde hacía semanas iba en autobús a la galería para evitarse el problema de aparcar y que a menudo le obligaba a recorrer una gran distancia.

Llovía copiosamente y una ojeada al reloj le informó de que quedaban quince minutos para el siguiente autobús y ni siquiera había una marquesina.

Matt le ofrecería llevarla, que era precisamente lo que ella quería evitar. Por otro lado, comprendía que no fuera a darse por satisfecho hasta conocer todos sus planes. Pero estar con él a solas, hablando de su hijo, le hacía sentir como si de nuevo Matt volviera a formar parte de su vida.

Tragó saliva. ¿Desde cuándo había empezado a pensar en su hijo, incluyendo en el «su» a Matt?

—¿Dónde demonios vas?

Matt le tiró del brazo para detenerla. Ella se volvió, airada.

—A casa.

—¿Dónde tienes el coche?

—He venido en autobús —Joanna vio que Matt sacaba el teléfono del bolsillo—. Es muy difícil aparcar.

—¿Ah, sí? —Matt apretó un botón y dijo a bocajarro—: Jack, ahora.

Joanna hundió los hombros, abatida.

–Escucha, sé que la conversación no ha ido bien. Pero ¿crees que es momento de hablar de lo que va a pasar cuando nazca el niño?

–Todavía estoy haciéndome a la idea de que estás embarazada y de pronto me entero que esperas el bebé en menos de tres meses –Matt sacudió la cabeza–. Quiero saberlo todo, incluido dónde va a nacer.

Joanna suspiró. Estaba mojándose. Se soltó de Matt.

–Vamos, Joanna –dijo él en tono apaciguador–. No voy a dejarte aquí. Podemos ir donde prefieras, a mi hotel o a tu apartamento.

Ella se encogió de hombros y aceptó que la llevara hasta la limusina que apareció a su espalda. No tenía sentido discutir con Matt.

–¿A tu apartamento? –preguntó este al sentarse a su lado.

La mezcla de loción de afeitado y del masculino aroma de su cuerpo envolvió a Joanna. Por eso había querido evitar subirse con él al coche. Lo tenía demasiado cerca como para fingir que no la afectaba, cuando en realidad le ponía los nervios a flor de piel.

–No. A tu hotel –dijo, mirándolo de soslayo–. ¿Es el Savoy? Podemos tomar el té de la tarde.

Matt apretó los labios.

–No, estoy en un pequeño hotel en Knightsbridge. Pero pediré que lo traigan a mi suite.

¡Ni en sueños! Joanna cambió de idea.

–Mejor será que vengas a mi apartamento, aunque he estado ordenando y hay cajas por todas partes.

Matt se inclinó y dio instrucciones a Jack Dougherty. Luego se produjo un incómodo silencio que se prolongó hasta que llegaron al edifico de Joanna.

Mientras la seguía hasta la puerta, Matt pensó que bajo la lluvia el lugar resultaba aún más inhóspito.

Pero al menos en aquella ocasión no los recibió el portero.

Joanna no había exagerado al describir el desorden de su apartamento. Había maletas en el vestíbulo, y ropa y libros por el suelo del salón. Pensar que podía haber retrasado su viaje a Londres y que Joanna podía haberse marchado sin decirle dónde iba, indignó nuevamente a Matt.

Apretó los puños. En cualquier caso, se alegraba de que dejara aquella casa. Hacía frío y sospechó que Joanna apagaba la calefacción durante el día. Ese empeño en economizar cuando tenía una cuenta saneada, era otro motivo de frustración para Matt.

–¿Quieres té?

No, Matt no quería té. Habría tomado un whisky, pero dudaba que Joanna tuviera.

Ella se había quitado el abrigo y estaba llenando de agua la tetera. Su cuerpo reclamó automáticamente la mirada de Matt, que sacudió la cabeza y la desvió hacia la ventana, tras la que no encontró nada digno de contemplar. Aquella casa era un espanto y se alegraba de que Joanna no fuera a tener allí a su hijo, aunque Cornwall no fuera tampoco el paraíso.

–No tengo café –añadió Joanna.

Y cuando Matt se volvió, observó que la mano con la que sacaba una taza del armario temblaba.

Le resultaba imposible no sentir nada por ella. Era la mujer a la que había amado seis años. No quería tener ningún tipo de sentimiento hacia ella, pero, fuera o no algo puramente físico, lo cierto era que su cuerpo vibraba como si hubiera despertado al tenerla cerca.

Ahogó un juramento, apartando esos pensamientos de su mente. Tenía que concentrarse en el presente y en lo que iba a hacer.

–Toma asiento –Joanna indicó un sillón junto a la ventana–. Enseguida vengo.

–¿Dónde vas?

Joanna hizo un gesto avergonzado.

–Al cuarto de baño. Es un efecto secundario de mi estado.

–Ah.

Joanna se fue precipitadamente. Cuando volvió, Matt seguía en mitad de la habitación, sin quitarse el abrigo.

En su cabello brillaban gotas de lluvia y Joanna recordó cómo solía asir ese cabello cuando él le hacía el amor. Se vio enlazando las piernas a sus caderas, emitiendo gemidos de placer cada vez que alcanzaba el clímax; y luego relajándose bajo el peso de su cuerpo, gozando de la deliciosa sensación de tenerlo dentro de sí y prolongando la conexión entre ellos lo más posible.

Tuvo que contener un gemido a la vez que se preguntaba cuándo dejaría de tener aquellos pensamientos eróticos sobre Matt. Aunque culpara a su embarazo, temía que no fueran a abandonarla nunca.

Fue hacia la cocina consciente de que Matt la seguía con la mirada. Desesperada por intentar relajar la tensión, volvió a preguntarle si quería té.

–No, gracias –dijo Matt, yendo hacia ella y deteniéndose en la entrada a la cocina–. ¿Te importaría sentarte y hablar conmigo?

–No, claro –se apresuró a decir ella. Añadió leche al té y fue hacia Matt–. Disculpa –añadió, indicándole que le bloqueaba el paso.

Y Matt, apretando los dientes, se apartó a un lado.

Joanna fue hasta el sofá y se sentó al borde. Sujetando la taza entre las manos, dijo:

–Tú también deberías sentarte.

Tras un breve silencio, Matt dijo:

—No quiero que pases el resto de tu embarazo en Padsworth.

Joanna se quedó desconcertada. Bebió para evitar mirarlo a los ojos.

—Pues yo no quiero quedarme aquí —dijo, finalmente.

—Yo tampoco quiero que sigas aquí. Si hubiéramos hablado antes, podría haberte ofrecido una alternativa.

—¿Cuál? —dijo Joanna con gesto digno—. No necesito tu ayuda, Matt.

—Puede que no, pero voy a dártela —replicó Matt, controlando su impaciencia a duras penas—. Sigo sin creer que me lo hayas ocultado todo este tiempo...

—¿Tenemos que volver sobre ello? —Joanna suspiró—. Cabía la posibilidad de que incluso negaras que el bebé fuera tuyo.

—¿Tú crees?

—Está bien —Joanna alzó la mano—, dudo que lo hubieras hecho. Lo siento. Debería habértelo dicho —hizo una pausa—. ¿Mejor así?

Matt apretó la mandíbula.

—¿Dónde piensas tener el niño? No quiero que des a luz en un pueblo perdido en Cornwall. Si algo fuera mal...

—¿Por qué iba a ir nada mal?

—Joanna, hemos intentado tener un hijo mucho tiempo. ¿Quieres arriesgarte a que se presente cualquier tipo de complicación?

Ella contestó con calma:

—No tiene por qué haberla —Joanna cruzó los dedos por superstición—. Siempre piensas lo peor.

—Por qué será —masculló Matt, pero Joanna percibió su tono de amargura.

–Además, en el hospital de Padsworth hay una unidad de maternidad... Y en el pueblo más próximo, hay un hospital grande –continuó Joanna.

–A cuarenta kilómetros por carreteras que son poco más que un camino –masculló Matt–. Piénsalo Joanna. Esas carreteras se bloquean con mucha facilidad.

–¿Qué sugieres? ¿Que me quede en Londres para ir al hospital que a ti te parezca bien?

–No.

Matt recorrió la habitación y parándose ante Joanna dijo en tensión:

–Sugiero que vengas a Cayo Cable conmigo –basculó sobre los talones y continuó–. Hay una casa de invitados en los terrenos de Long Point, con un par de dormitorios, un cuarto de baño y un aseo. Estarías muy cómoda y tendrías tu propio servicio.

–¡No puedes decirlo en serio!

–Desde luego que sí –Matt nunca había hablado más en serio–. Es verdad que tampoco hay un gran hospital en la isla, pero puedo tener el helicóptero listo para una emergencia. Y en Nassau hay al menos tres grandes hospitales donde tratan desde una picadura de insecto a una operación a corazón abierto.

Joanna sacudió la cabeza.

–Yo no quiero ir Las Bahamas –se puso en pie–. Ya he visitado al médico de Padsworth, que conoce bien a mi madre.

–No es de tu madre de quien se va a ocupar –Matt se encogió de hombros–. Además, no es decisión exclusivamente tuya. Me debes esto, Joanna. Puede que haya estado ausente la mayoría del embarazo, pero creo que me merezco estar presente en el nacimiento de mi hijo, ¿no crees?

Capítulo 15

JOANNA intentó convencerse de que no estaba desilusionada por que Matt no hubiera ido a recibirla a Nassau. Allí la esperaba su piloto, Jacob Mallister, que la llevó al aeropuerto de Cayo Cable, donde el mayordomo de Matt, Henry Powell, le dio la bienvenida.

Joanna había conocido a Henry durante las vacaciones que había pasado allí con Matt, y se alegró de ver una cara conocida.

–Hola, señora Novak –la saludó Henry, ayudándola a bajar del helicóptero–. ¿Ha tenido un buen viaje?

–Sí –dijo Joanna, aunque odiaba la inestabilidad de los helicópteros en vuelo y estaba un poco mareada–. Pero me alegro de que haya acabado.

–Se sentirá mejor en cuanto descanse –dijo Henry, ocupándose del equipaje–. El señor Matt se alegrará de saber que ya está aquí sana y salva.

Joanna no contestó. Estaba segura de que a Matt no le importaba cómo se encontrara. Le había dado un ultimátum: o le dejaba participar de sus últimas semanas de embarazo, o pediría la custodia del niño.

Y aunque dudaba de que Matt fuera a cumplir su amenaza, decidió no correr ese riesgo. Por otra parte tenía que admitir que no era un gran sacrificio pasar unas semanas atendida por sirvientes en una isla semitropical.

Mirando alrededor y contemplando la belleza que la rodeaba, sonrió. La luz del atardecer teñía de dorado las palmeras que bordeaban la pista; a lo lejos, se veía la playa y la espuma que marcaba la línea de la costa. Desde el mar llegaba una fresca brisa que Joanna respiró profundamente. El agua estaba oscura a aquella hora, pero al amanecer se teñiría de rosa, verde y oro.

–Es un placer volver a verla –continuó Henry, colocando el equipaje en el todoterreno–. Creo que el señor Matt ha estado un poco solo desde que llegó. Si me permite, está usted un poco pálida. El sol de Las Bahamas le va a sentar muy bien.

–Puede que tenga razón –dijo Joanna–. ¿Qué tal están usted y Teresa? Pensaba que ya se habrían jubilado.

–No, no. Todavía no nos jubilamos –Henry levantó el portátil que Joanna había llevado consigo y preguntó–: ¿Puede ir esto en el maletero?

–Sí. Es un viejo aparato que pertenecía a mi padre, pero lo he traído para trabajar; y para mantenerme en contacto con mi familia.

–¿Va a trabajar? –preguntó Henry sorprendido.

–Llevo una página Web –explicó Joanna–. ¿No le ha dicho Matt que soy socia de una galería de arte en Londres?

–Probablemente olvidó comentarlo –dijo Henry–. Y es bueno mantener la relación con la familia. Los padres del señor Matt ya no vienen como cuando sus hijos eran pequeños

Joanna se sintió aliviada. No tener que enfrentarse a Olivia era una innegable ventaja.

Henry habló sin parar de camino a la villa, contándole anécdotas de sus nietos y preguntándole si estaba contenta con esperar un chico.

–El señor Matt me lo dijo –comentó, haciendo una mueca risueña–. Está como loco con la noticia.

–Henry...

–Sé que usted y el señor Matt están divorciados. Pero puede que el bebé los una.

Joanna fue a decirle que lo dudaba, pero Henry estaba tan contento que prefirió callarse y contemplar el paisaje. Cuando cruzaron las verjas de Long Point, no pudo evitar tensarse.

–La casa de invitados está a unos cuatrocientos metros de la villa –explicó Henry, tomando un sinuoso camino que llevaba a un edificio de una planta, rodeado de árboles–. Ya hemos llegado.

Posando las manos en su dolorida espalda, subió los escalones del porche detrás de Henry. Joanna había pensado que Matt estaría allí, pero la casa parecía desierta. Sin embargo, alguien había preparado su llegada y una nota en la puerta le informó de que tenía una ensalada de marisco preparada en el frigorífico. Estaba claro que Matt había pensado en todo.

–¿Llevo las maletas al dormitorio, señora Novak? –preguntó este, con una maleta en cada mano y haciendo equilibrios con el portátil debajo del brazo.

–Sí, por favor –dijo Joanna, rescatando el portátil por temor a que se cayera.

Entraron a un agradable salón que se extendía hasta la parte trasera, desde donde Joanna sospechaba que tendría una vista al mar, aunque la oscuridad le impidiera verlo en aquel momento.

A un lado había una puerta que daba a una bonita cocina en la que había una mesa puesta para un comensal. A continuación había un repartidor con tres puertas.

El dormitorio al que la llevó Henry era sorprendentemente grande dado el tamaño de la casa. Una gran cama de tipo colonial ocupaba el centro, y contaba con un cuarto de baño, cómodo y moderno, con una ducha y una bañera exenta.

—Es fantástico –dijo Joanna, descalzándose para sentir el fresco mármol bajo los pies.

Estaba deseando darse una ducha, pero antes comería algo y, si Matt no aparecía, se metería en aquella magnífica cama.

—La dejo sola, señora Novak –dio Henry, saliendo del dormitorio–. El señor Matt me ha pedido que le avisara de su llegada –y contestó la muda pregunta que se hacía Joanna al añadir –: También me dijo que vendría a verla por la mañana. Si necesita cualquier cosa, no dude en llamar.

—¿Cuál es el teléfono de la villa? –preguntó Joanna, aunque estaba segura de que no lo necesitaría.

—El teléfono tiene una línea directa con el despacho del señor Matt –explicó Henry–. Basta con que presione la tecla número uno. Ah, su doncella y su cocinera vendrán mañana por la mañana. Estarán encantadas de ayudarla.

—Gracias –Joanna sonrió–. Por favor, dígale a Matt que agradezco todo esto. Y muchas gracias por venir a recibirme, Henry.

—Un placer, señora Novak –dijo él, sonriendo a su vez.

Y Joanna decidió esperar al día siguiente para decirle que ya no se llamaba así.

Matt estaba sentado en el porche, tomando un whisky, cuando Henry llegó informándole de que Joanna ya estaba instalada.

—Todo bien, señor. ¿Quiere algo más?

–No, Henry –pero cuando este dio media vuelta, Matt preguntó–: ¿Tiene buen aspecto? ¿Ha hecho un buen viaje?

–La señora Novak está muy bien –dijo Henry con entusiasmo–. Un poco pálida y cansada, pero el viaje es largo.

–Claro –dijo Matt pensativo–. ¿Le ha gustado la casa?

–Mucho, señor –Henry sonrió de oreja a oreja–. Yo creo que le ha encantado. Me ha pedido que se lo diga. Y cuando Callie y Rowena cuiden de ella, va a ser muy feliz.

–Eso espero –dijo Matt, aunque envidiaba el optimismo de Henry.

–No la he ayudado a deshacer el equipaje porque he supuesto que preferiría hacerlo ella misma –dijo Henry–. Solo ha traído dos maletas y un portátil.

–¿Un portátil? –preguntó Matt con curiosidad.

–Sí, me ha dicho que perteneció a su padre, y que piensa trabajar un poco mientras esté aquí.

–¿Va a trabajar? –preguntó Matt con la misma incredulidad que lo había hecho Henry.

–Sí, señor. Parece ser que lleva la página Web de una galería en Londres –Henry inclinó la cabeza–. ¿Es eso todo, señor?

–Claro –dijo Matt, consciente de que Henry quería ir a cenar.

Y aunque la idea de que Joanna pensara trabajar no le agradaba, al menos le tranquilizaba saber que podría vigilarla.

Durante un rato, permaneció donde estaba, contemplando el atardecer. Teresa le había hecho un entrecot para cenar, pero apenas lo había tocado. Ni siquiera se había relajado cuando Jacob, el piloto, le había anunciado que habían aterrizado. Solo lo había conseguido parcialmente al decirle Henry que Joanna ya estaba instalada.

Una hora más tarde, se levantó y apoyándose en la barandilla del porche miró hacia la casa, aunque la oscuridad le impidiera verla.

Desde que había vuelto a Las Bahamas, tenía serias dudas sobre el futuro. Una de las pocas cosas que tenía claras, era que quería tener un papel activo en la vida de su hijo.

A su pesar, no conseguía olvidar la noche en Miami en la que Joanna se había entregado a él tan apasionadamente, y no podía evitar preguntarse qué habría pasado si, de no haberse puesto su padre enfermo, la hubiera seguido a Londres de inmediato. ¿Habrían cambiado las cosas o solo quería engañarse?

Terminado el whisky, dejó el vaso en la mesa. Estaba confuso. Solo era eso. Debía ser consecuencia de saber que iba a ser padre.

Después de abandonar el apartamento de Joanna había decidido no volver a verla; y aunque en ocasiones se sintiera algo aislado, estaba contento con su vida en la isla.

Escribía casi a diario y cuando estaba bloqueado, se ocupaba de sus negocios en la isla. Incluso se había planteado la posibilidad de volver a casarse, aunque no fuera una prioridad.

Pero descubrir que Joanna estaba embarazada había dejado en suspenso cualquier otro plan. Y durante las largas noches que habían transcurrido hasta su llegada, se había descubierto pensando que quería convencerla de que se quedara en la isla.

En aquel momento, después de oír que tenía la intención de seguir trabajando, dudaba más que nunca de que eso fuera posible.

Frunció el ceño preguntándose si Joanna habría

echado la llave. Cayo Cable era un lugar seguro, pero si alguien se atrevía a molestarla...

Un grito agudo rompió el silencio y le heló la sangre.

Matt bajó del porche de un saltó y corrió por el sendero mientras por su mente pasaban todo tipo de espantosas imágenes. Si alguien había hecho daño a Joanna...

Pero se negaba a pensar que eso fuera posible.

Capítulo 16

MATT recorrió la distancia en un tiempo record. Antes de llegar, oyó que alguien corría tras él y dedujo que Henry también había oído el grito.

—Era la señora Novak, ¿verdad? —jadeó este al llegar a su altura—. Es imposible que sea un intruso —continuó, como si se negara a admitir esa posibilidad.

—Eso espero —dijo Matt sombrío, pensando lo que haría si alguien había tocado a Joanna.

Llegaron a la casa y Matt llamó a la puerta con el puño antes de comprobar que estaba abierta.

—¡Joanna! —gritó, entrando. Y oyó lo que le pareció un grito sofocado en el otro extremo de la casa.

Se trataba de uno de los dormitorios, pensó, a punto de volverse loco.

La puerta estaba cerrada, lo que podía ser tanto una mala como una buena señal. Entonces Matt oyó a Joanna llamarlo:

—¡Matt, Matt! ¿Eres tú?

Y se tranquilizó parcialmente.

Pero cuando abrió la puerta, descubrió a Joanna subida a la cama, evidentemente aterrorizada. Se rodeaba el vientre con los brazos y tenía los ojos desorbitados en una expresión de pánico.

Llevaba una camiseta de hombre tan fina que resultaba prácticamente transparente y que apenas le cubría los muslos. Sus piernas, largas y desnudas, tan familiares para Matt, hicieron que a este se le contrajeran los músculos del estómago.

Al verlo, Joanna exclamó aliviada:

–¡Menos mal que has venido! –entonces vio a Henry y se giró parcialmente, avergonzada–. Hay-hay una rata debajo de la cama –gimió desconsolada–. ¡Por favor! Haced algo, es enorme.

–¿Una rata? –Matt se acercó y al instante Joanna sintió que el aire se impregnaba de su masculina presencia. Él añadió–: ¿Estás segura?

–Completamente –dijo Joanna temblorosa–. La he visto al salir de la ducha.

–¿Y dónde está ahora? –preguntó Henry.

–Dice que debajo de la cama –dijo Matt, arrodillándose. Y cuando vio lo que había, sonrió.

–¿Qué es? –preguntó Joanna saltando de un pie a otro hasta que Matt temió que se cayera–. ¿La ves? –al ver la sonrisa de Matt, preguntó indignada–. ¿Qué tiene de divertido?

Matt sacudió la cabeza y poniéndose en pie, dijo a Henry:

–Es un jutía. Está más asustado que ella.

–¿Un jutía? ¿Es-es un tipo de rata? –preguntó Joanna.

–Es un roedor –explicó Matt mientras Henry se agachaba para verlo–. Pero no es una rata. Son inofensivos y mucha gente los tiene como mascotas. No sé cómo ha podido entrar –se volvió hacia Henry–: ¿Quién fue el último en salir?

–Supongo que yo –dijo Henry mortificado–. Vine a dar un repaso antes de ir al aeropuerto. Puede que dejara la puerta entornada en algún momento.

Joanna intentó calmar su acelerado corazón. Matt debía de pensar que era una idiota.

–¿Podéis sacarlo? –preguntó intentando sonar tranquila.

Matt se quedó pensativo y dijo:

—Sí, pero después tendremos que fumigar —se volvió hacia Henry—. ¿Por qué no traes el coche para que llevemos las cosas de la señora Novak a la villa?

—¿A tu villa? —preguntó Joanna.

—No puedes pasar la noche aquí —explicó Matt, dándose cuenta de que el miedo que lo había atenazado por lo que pudiera haberle pasado se había trasformado en un leve resentimiento.

Iba a ser difícil ser amable con ella cuando solo verla había despertado en él todos sus instintos carnales. ¿Acaso nunca iba a dejar de desearla?

Por su parte, al oír el tono en que se dirigía a ella, Joanna dedujo que la actitud de Matt no había cambiado desde su último encuentro. Conseguir que fuera allí había sido una forma de demostrar su poder, y en cuanto la casa estuviera de nuevo habitable, ella se aseguraría de no tener que volver a pedirle ayuda.

Cuando Henry salió hacia la villa, Joanna se dejó caer de rodillas sobre la cama. El corazón seguía latiéndole aceleradamente mientras que el bebé llevaba media hora completamente inmóvil. Aquel animal, por más inofensivo que fuera, los había aterrorizado a los dos.

—¿Quieres que te lleve al cuarto de baño? —preguntó Matt al notar su incertidumbre.

—No hace falta —dijo ella débilmente—. ¿Cre-crees que ese bicho intentará escaparse?

—Probablemente está más asustado que tú —dijo Matt, sonriendo—. Te aseguro que no va a atacarte.

Joanna asintió y se deslizó hasta el borde de la cama. La camiseta se le subió, dejándole los muslos al descubierto. Afortunadamente llevaba puestas las bragas, recordó, y había dejado los pantalones que llevaba el día anterior encima de una silla, a corta distancia. Si el animal no había reaccionado cuando

Matt y Henry se habían agachado a mirarlo, tampoco le haría nada a ella.

Matt la estaba observando de brazos cruzados, con las piernas separadas y unos pantalones cortos que se amoldaban a sus poderosos muslos. Joanna puso los pies en el suelo preguntándose por qué tenía que estar siempre tan atractivo. Cada vez le costaba más recordar que aquel era el hombre que había destrozado los últimos meses de la vida de su padre.

Al ponerse de pie en el suelo algo le rozó el tobillo, y aunque consiguió ahogar un grito, Joanna salió corriendo hacia la puerta.

Lo último que había pretendido era tocar a Matt, pero cuando este alargó la mano para detenerla en su huida, ella se abrazó a su cintura instintivamente y se acurrucó contra su pecho.

—¿Qué ha sido eso? —gimoteó—. ¿Me ha tocado el jutía?

—Es posible —dijo Matt en tensión, alegrándose de que el vientre abultado de Joanna le impidiera notar su instantánea erección. Tenía que mantenerse alejado de ella o no respondería de sus actos. En tono distante, añadió—: Ya se ha ido. Puedes soltarme.

Pero Joanna no quería separarse de él. Con los pulmones llenos del sensual calor que emitía su cuerpo, apenas podía pensar.

—¿Don-dónde habrá ido?

—Ni idea —dando un suspiro, Matt posó las manos sobre sus temblorosos hombros. La camiseta era tan fina que pudo sentir su suave piel bajo la tela, pero se obligó a no pensar en ello—. Se habrá escapado.

—¿Crees que puede haber ido al cuarto de baño?

—No iba en esa dirección —Matt retrocedió y observándola con inquietud, preguntó—: ¿Te has hecho daño? ¿Estás bien? ¿El bebé?

–Sí –dijo Joanna, sonriendo al notar en se momento una tranquilizadora patada que demostraba que el bebé había vuelto a entrar en acción. Al ver cómo la miraba Matt preguntó–: ¿Quieres tocarlo?

El pulso de Matt se aceleró.

–Yo... Claro –balbuceó. Joanna le tomó la mano y se la llevó al vientre.

Matt notó al instante una potente patada y retiró la mano.

–Es fuerte, ¿eh? –dijo Joanna sin dejar de sonreír–. ¿Tienes idea de lo que es sentir eso a primera hora de la mañana?

–Me cuesta imaginarlo –contestó Matt.

Pero mentía, porque le resultaba extremadamente sencillo verse echado junto a ella, compartiendo las intimidades del embarazo, consolándola cuando el bebé la mantuviera despierta, acunándola hasta que tanto ella como el bebé volvieran a dormirse.

Sin embargo, se recordó, irritándose consigo mismo, eso era lo último en lo que debía pensar.

Yendo hacia la puerta, dijo en tono impersonal:

–Vístete y prepara una bolsa. Nos iremos en cuanto Henry vuelva.

–Vale –Joanna miró con nerviosismo hacia el cuarto de baño–: ¿Seguro que se ha ido?

–Seguro. Henry habrá dejado la puerta abierta y se habrá escapado.

Al notar que Matt se impacientaba, Joanna quiso defenderse.

–Podría decir que la culpa es tuya por hacerme venir –no soportaba sentir que necesitaba más a Matt de lo que él la necesitaba a ella–. Debería haberme quedado con mi madre.

–No empecemos de nuevo –dijo Matt. Mirando

alrededor vio los pantalones sobre la silla y se los tendió–. Póntelos. ¿Tienes una blusa?

Joanna se agachó para sacar un top floreado de la maleta que estaba al pie de la cama, y fue hacia el baño diciendo:

–No tardaré.

Capítulo 17

JOANNA durmió sorprendentemente bien a pesar del susto de la noche anterior. El dormitorio que Teresa había preparado era acogedor y fresco, y en cuanto apoyó la cabeza en la almohada se quedó dormida. Saber que Matt estaba cerca también había contribuido a calmarla.

Despertó temprano, se dio una ducha y tras tomar una botella de agua que encontró sobre la mesilla, salió al porche. Hacía calor, y a pesar de que solo iba envuelta en una toalla, pronto notó el sudor en la piel. Se preguntó si Matt le dejaría darse un baño en el mar, pero al pensar en el aspecto que presentaría en traje de baño, decidió dejarlo para otro día.

Al entrar, agradeció el aire acondicionado. Observó detenidamente la habitación, admirando el suelo de madera pulida, las paredes enteladas en seda, el rincón con sillones y una mesa circular.

Rebuscó entre las cosas que había metido en la bolsa y sacó un pantalón holgado. Todo lo que usaba aquellos días tenía cintura elástica. Tenía la sensación de que hacía siglos que no se ponía nada un poco sexy.

La noche anterior, había sido una humillación que Matt le pidiera que lo soltara. Por un instante, al abrazarse a él, Joanna había sentido que sí le importaba. También al percibir la ternura con la que le había

puesto la mano en el vientre. Pero al momento, Matt
la había tratado con una gélida frialdad. Y Joanna
pensó que quizá era lo mejor. Por propia experiencia,
sabía que un único acto de inconsciencia, como el de
Miami, podía tener consecuencias impredecibles.

Matt avanzó hacia su barco en estado de total frustración. No había pegado ojo, y aunque se había dado
una ducha fría, no había logrado borrar de su memoria
la sensación de tener el cuerpo de Joanna pegado al
suyo.

Había dado precisas instrucciones a Henry para
que la casa de invitados estuviera habitable y la «señora Novak» pudiera volver a instalarse en ella aquel
mismo día.

Una lagartija cruzó el embarcadero al tiempo que
Matt respiraba profundamente el aire salado. Tenía
que relajarse. Ante sí tenía la bahía en cuyas aguas
tornasoladas olvidaría todos sus problemas.

Con la brisa le llegó el olor de un perfume que no
se correspondía con las numerosas flores que lo ro-
deaban; era un perfume sensual, individual. Y no le
costó identificarlo.

Joanna estaba paseando por la orilla de la playa
que quedaba al otro lado del embarcadero. Llevaba
unos pantalones cortos y una camisa que Matt identi-
ficó como suya.

Aunque no le hubiera oído llegar, Matt supuso que
sí habría visto el bote meciéndose en el amarre; el
roce de la proa con el embarcadero producía un sonido de succión y los mástiles vibraban con las sacu-
didas el oleaje. Matt sabía que en cuanto empezara a
soltar el amarre, Joanna lo oiría, y no quería sobresal-
tarla. Tampoco quería que creyera que la seguía. Así

que, con un suspiro de impaciencia, decidió volver a la villa y resignarse a no navegar

Dio media vuelta, pero justo en ese momento, Joanna giró la cabeza y lo vio. Ruborizándose, ella bajó la mirada y, descalza, caminó hasta el embarcadero. Al pasar junto a Matt se limitó a darle los buenos días con gesto amable, e hizo además de seguir de largo. Pero él se plantó ante ella.

—No hace falta que te vayas por mí —dijo sin dejar traslucir la menor emoción.

—Iba a desayunar —replicó ella con igual indiferencia—. Teresa debe de estar preguntándose dónde estoy.

—¿No has tomado nada? —Matt sonó escandalizado—. ¿No sabes que no puedes exponerte a este calor sin una botella de agua?

—He bebido una antes de salir —dijo Joanna altiva—. No soy idiota y sé que no debo deshidratarme.

Matt no pareció convencido, y lo cierto era que Joanna tenía sed. Con un gesto nervioso, se estiró la camisa. La había encontrado en un cajón y había asumido que pertenecía a Matt, pero no había contado con que fueran a encontrarse y se la puso.

Él presentaba un aspecto saludable y relajado, con unos pantalones cortos y un polo morado que dejaba sus bronceados brazos a la vista. La brisa le había alborotado el cabello, cuyos húmedos mechones indicaban que acababa de ducharse.

—Espero que no te importe que haya tomada prestada una de tus camisas —dijo entonces Joanna.

—¿Si me importara, te la quitarías? —Matt se arrepintió enseguida de hacer aquella insinuante broma—. Olvídalo. Puedes usar todo lo mío.

Un comentario que también podía dar lugar a confusión. Pero Matt no sabía qué hacer para dominar el instantáneo deseo que sentía al tener a Joanna ante sí.

Ella se humedeció los labios.

—Haré que la laven y te la devuelvan.

Matt estaba seguro de que no podría volver a ponérsela sin ver a Joanna en ella. ¿Llevaba sujetador? Habría jurado que no. Podía ver sus pezones presionados contra la tela.

—Espero no haberte preocupado —añadió Joanna—. Ahora, si me disculpas...

Matt apretó los labios al darse cuenta de que, tal y como había temido, Joanna se había llevado una idea equivocada.,

—Si crees que he venido buscándote porque estaba preocupado, te equivocas —indicó el barco con la barbilla—. Iba a navegar.

—Ah.

Matt resopló.

—De todas formas, no deberías salir sin decirle a alguien a dónde vas.

—¿Por qué? —Joanna abrió desorbitadamente sus ojos de color violeta—. ¿Es que no puedo hacer nada sin que tú lo sepas?

Matt parpadeó.

—Perdona, pero anoche te alegró verme —replicó irritado—. ¿O habrías preferido librarte sola del jutía?

Joanna alzó los brazos y la camisa se le deslizó sensualmente de un hombro.

—Eso es otra cosa —dijo a la defensiva.

Pero Matt no pudo concentrarse en sus palabras porque el movimiento le había dejado intuir el profundo valle entre sus senos y su cuerpo había reaccionado automáticamente. Irritándose consigo mismo, se balanceó sobre los talones forzando una sonrisa burlona.

—¿Quieres decir que a partir de ahora quieres enfrentarte a cualquier emergencia sola?

Joanna se abrazó a sí misma y miró hacia el agua.

—¿Podemos evitar este tipo de discusiones? —preguntó, sonando súbitamente abatida—. Es solo que no me gusta que me controlen. Ya tuve bastante de eso cuando... cuando...

—¿Cuando vivía tu papá? —sugirió Matt despectivamente.

—No —dijo Joanna bruscamente, aunque era cierto que su padre siempre quería saber dónde estaba—. No sé qué iba a decir. Da lo mismo. Ahora voy a volver a la villa.

—¿Quieres que vaya contigo? —preguntó Matt tras una breve vacilación.

Joanna lo miró con cautela.

—No hace falta. Por favor, sal a navegar si eso es lo que ibas a hacer.

Esperó con inquietud la respuesta de Matt, pero este no dijo nada.

Un par de semanas más tarde, Joanna se había habituado a vivir en Cayo Cable.

La casa de invitados se había convertido en su hogar y se sentía razonablemente contenta. Henry, no Matt, la había llevado a la ciudad para ver al doctor Rodrigues, quien había dicho que todo iba bien. De hecho, había bromeado diciendo que si todos los embarazos fueran tan saludables como el suyo, se quedaría sin trabajo.

A pesar de que seguía habiendo una tensión soterrada entre ellos, Matt tomó por costumbre ir a visitarla cada dos días, y Joanna tenía que admitir que esperaba ansiosa sus visitas.

Al margen de sus diferencias, habían estado casados cuatro años antes de separarse, y se conocían bien.

Ciertas palabras, ciertos lugares, les inspiraban la misma reacción, y aunque Matt no lo hubiera creído posible, pasaban mucho tiempo recordando anécdotas que les hacían reír.

Aunque se mantenía en contacto con David Bellamy y con su madre, y trabajaba ocasionalmente en la página de la galería para actualizarla, lo que más disfrutaba Joanna eran las tardes sentada en el porche, tomando café y disfrutando de la deliciosa repostería de Rowena con Matt. Ocasionalmente, hablaban de su trabajo, de algún artículo para el que estaba documentándose, y ella le sugería temas sobre los que podía escribir.

Dudaba que encontrara su aspecto tentador porque ella misma prefería no verse en el espejo, y a veces pensaba en lo injusto que era que los hombres no sufrieran ninguna de las consecuencias del embarazo.

Afortunadamente, su suegra no había dado señales de vida, y Matt solo mencionaba a sus padres cuando ella le preguntaba por su padre. Joanna había temido que Adrienne fuera a ver cómo estaba y a intentar controlarla, pero, aunque le costaba creerlo, tal vez Matt ni siquiera le había dicho que estaba allí. Y siempre cabía la posibilidad de que se presentara sin previo aviso.

Matt le había dejado un coche y había ido a la ciudad un par de veces por su cuenta. Las carreteras eran razonablemente buenas, y le había encantado disfrutar de su independencia. Aunque se trataba de una ciudad pequeña, estaba muy bien abastecida. Había varios supermercados y tiendas de ropa, y Joanna había pasado un buen rato paseando por el mercado al aire libre.

Una agencia dedicada al buceo en aguas profundas y a deportes de agua le había llamado la atención, entre otras cosas porque el letrero decía: *M.O.Novak*. Estaba en las antípodas de Novak Corporation, pero Joanna no pudo evitar sentirse orgullosa de que Matt contribuyera a la mejora de la economía local.

Además, había establecido una buena relación con las dos mujeres que trabajaban en su casa. La mayor de ellas, Rowena, vivía en la ciudad. La joven, Callie, era la nieta de Teresa y de Henry, y vivía en la villa, con ellos.

Joanna no había vuelto a bajar a la playa por la mañana porque no quería que Matt se sintiera invadido. Así que se daba un paseo al atardecer, cuando refrescaba.

De vez en cuando, oía el coche dejar la villa después del desayuno. Callie le había dicho que probablemente era su abuelo, que solía ir a hacer la compra. Matt había montado su despacho en una de las habitaciones de la villa, y pasaba allí casi todo el día cuando escribía algún artículo... que luego Joanna buscaba en la prensa local.

Una mañana, tres semanas después de instalarse en la isla. Joanna oyó el coche partir más temprano que de costumbre, y se preguntó si sería Matt quien iba a la ciudad. Para comprobarlo, decidió bajar al embarcadero. Si no encontraba el barco, querría decir que no era Matt quien se había ido. Normalmente no navegaba más de un par de horas, y ese no era tiempo suficiente para lo que ella quería hacer.

Ya hacía calor, pero Joanna se había acostumbrado al clima y pasaba la mayoría del tiempo en el exterior. Estaba bronceada y su cabello se había aclarado. Por las tardes, solía usar el ordenador de su padre en el porche y a menudo tenía mensajes de David y de su madre, pero ya nunca echaba de menos Inglaterra.

Al oír el coche alejarse, decidió que tenía que ser

Matt el que se iba. Había querido darse un baño desde que había llegado a la isla, pero no podía soportar la idea de que él la viera en traje de baño. Pero si había ido a la ciudad...

Joanna se puso el bañador, se envolvió en un pareo que había comprado en la ciudad y con una botella de agua y crema solar en una bolsa, salió de la casa a hurtadillas.

El barco estaba amarrado, así que Joanna dejó la bolsa y el pareo junto a una palmera, los tapó con una toalla y sin perder tiempo, se metió en el agua.

La sensación de flotar fue maravillosa. Por primera vez en meses no se sentía pesada, y el agua estaba deliciosamente fresca. Nadó a braza lentamente hacia el interior y luego flotó sobre la espalda, dejándose llevar por la corriente.

Estaba en el paraíso. Ni siquiera el sol resultaba demasiado fuerte todavía. No era de extrañar que Matt saliera a navegar tan temprano, antes de que subiera la temperatura.

Cerró los ojos y se dejó invadir por aquella maravillosa sensación de calma. No recordaba la última vez que había estado en el mar... Un año atrás, en Padsworth. Y cuando volvió a Londres, David le propuso que se hiciera su socia, a la vez que le insistía en que, si no se reconciliaba con Matt, lo mejor sería que se divorciara.

Al pensar en el divorcio, Joanna abrió los ojos. Se giró boca abajo y al mirar alrededor dejó escapar una exclamación ahogada. La corriente la había arrastrado a una buena distancia de la orilla. Tendría que nadar más de medio kilómetro.

El pánico la asaltó. Nunca había nadado especialmente bien. Manteniéndose a flote, respiró profundamente y se dijo que podía hacerlo. Tenía que lograrlo.

No le había dicho a nadie dónde iba, y puesto que Matt se había marchado, nadie iría a rescatarla.

Matt seguía durmiendo cuando alguien llamó a su puerta insistentemente.

Había pasado una mala noche, como todas las anteriores. A menudo pensaba que habría dormido mucho mejor si Joanna estuviera en la villa.

Tampoco había ayudado saber que al día siguiente tendrían visita. No se lo había contado a Joanna porque temía su reacción. Consecuentemente, había pasado la mitad de la noche bebiendo whisky y la otra teniendo pesadillas de las que despertaba empapado en sudor.

Abrió los ojos al oír la llamada. Debía haberse quedado dormido de madrugada y estaba sumido en un profundo sopor; le pesaban los párpados.

—¿Qué demonios pasa? —preguntó, incorporándose malhumorado.

Teresa asomó la cabeza con gesto angustiado.

—Siento molestarle, señor Matt, pero la señora Novak ha desaparecido. Cuando Callie le ha llevado el desayuno, no estaba en su dormitorio, y aunque hemos buscado por todas partes, no la encontramos.

Capítulo 18

JOANNA vio aparecer a Matt entre las palmeras, junto al embarcadero.

Estaba segura de que la había visto y su primera reacción de alivio se convirtió en resignación al asumir que la consideraría una completa idiota. Pero en aquella ocasión, tendría razón. Debía haberle dicho a alguien dónde iba.

La voz de Matt le llegó atravesando la distancia.

—¿Necesitas ayuda?

Joanna habría querido decirle que no, pero no habría sido verdad. Aun así, continuó nadando a la vez que sacudía la cabeza. Después de todo, Matt no podía hacer nada.

Pero en pocos minutos descubrió que estaba equivocada. Cuando le quedaba todavía una buena distancia y descansó para intentar recuperar el aliento, vio que Matt se quitaba la camisa y se metía en el agua. Nadando a crawl llegó junto a ella justo cuando Joanna se dio cuenta de que tenía los ojos húmedos de lágrimas.

—Gracias —dijo al tiempo que él la tomaba por la cintura—. Sé que me he comportado como una estúpida —continuó, aunque poniéndose a la defensiva no pudo evitar añadir—: Pero habría llegado.

En lugar de contestar, Matt se retiró el cabello de la frente con la mano que tenía libre, y Joanna, a pesar de que se sentía exhausta y al borde del llanto, no pudo evitar pensar cuánto le gustaba mirarlo.

Sus marcadas facciones parecían haber adquirido una mayor determinación desde que había descubierto que iba a ser padre; y en aquel momento, aunque no dijera nada, Joanna estaba segura de que estaba enfadada con ella. Lo que era una lástima, dado lo bien que se habían estado llevando.

Joanna se preguntó entonces si realmente habría conseguido llegar a la orilla sin ayuda, pero de lo que sí estaba segura era de que Matt no le dejaría olvidar que estaba en deuda con él.

Resultó sorprendente lo pronto que sintió arena bajó los pies. Apenas la había rozado, cuando Matt la tomó en brazos y la llevó hasta donde había dejado sus cosas.

Joanna se encontró entonces sin aliento, pero no fue por el agotamiento, sino porque la fuerza del brazo que sentía bajo los muslos y el dorado bronce del pecho de Matt que rozaba sus senos la hicieron consciente de hasta qué punto era vulnerable ante alguien de una masculinidad tan descarnada.

Matt la miró fijamente con gesto sombrío.

–¿Cómo se te ocurre nadar hasta tan lejos tú sola? Siempre has dicho que eres una nadadora mediocre.

–Porque lo soy –dijo ella compungida–. ¿No estabas en la ciudad? ¿Te ha avisado Henry de lo que estaba haciendo?

–Si fuera así ¿crees que habría llegado a tiempo? –dijo Matt, dejando claro que era una pregunta absurda–. Es Henry quien está en la ciudad. Me ha avisado Teresa. Callie ha venido a la villa diciendo que habías desaparecido.

Joanna se sintió mortificada.

–Perdón –dijo con voz temblorosa–. Ya puedes dejarme en el suelo.

Estar tan cerca de él era tanto un placer como una tortura. Y Joanna tuvo que dejar de negar la evidencia:

a pesar de lo que Matt había hecho, seguía deseándolo. No podía tratarse solo de que sus alteradas hormonas le impidieran resistirse a él. La cuestión de fondo era si, a pesar de los errores del pasado, estaba dispuesta a darle una segunda oportunidad.

¿Y él?

Cuando Matt la dejó en la arena y su abultado vientre rodó a lo largo de su musculoso cuerpo, el deseo se apoderó de ella. Sin pensarlo, se abrazó a su cuello y acercó sus labios entreabiertos a los de él.

Matt se tensó instintivamente. Había sospechado que, a pesar de que Joanna lo negara en el pasado, no le resultaba totalmente indiferente, pero había tenido la seguridad de que seguía planeando volver a Inglaterra cuando naciera el bebé. Y él había aceptado esa posibilidad hasta que Teresa había llamado a su puerta para anunciarle que Joanna había desaparecido, y había salido aterrado a buscarla.

¿Pero qué buscaba ella en él? ¿Un consuelo pasajero? ¿Y qué sentido tenía ni siquiera cuestionárselo? Había sido ella quien había pedido el divorcio. ¿Habrían sido las circunstancias diferentes si Joanna hubiera dado con él, si Laura Reichter no hubiera contestado el teléfono?

Matt tuvo que recordarse que, en cualquier caso, él ya había pasado página. O creía haberlo hecho.

Joanna lo observaba con expresión nerviosa, con los brazos enlazados a su cuello y los dedos hundidos en su cabello. Pero Matt había alejado sus labios de los de ella y la sujetaba por los hombros.

–¿Qué demonios estás haciendo? –preguntó en un tono desdeñoso que hirió a Joanna–. Si es tu manera de darme las gracias, guárdatela.

–No pretendía darte las gracias –dijo ella con voz trémula–, ¿quién te crees que soy?

–No tengo ni idea –replicó Matt con una delibe-
rada crueldad. Necesitaba alejarse de Joanna. Sabía
que de otra manera, sucumbiría una vez más.

Tenía la sensación de que su vida había quedado
en suspenso desde el instante en que supo que estaba
embarazada. Le había dicho que estaba decidido a
formar parte de la vida de su hijo, y eso era lo que iba
a hacer. Pero era consciente de que, sabiendo como
sabía que todavía sentía algo por ella, había sido un
insensato al haberla obligado a ir a Cayo Cable para
pasar aquel par de meses con él.

Tenía que mantener la cabeza fría, se dijo. Joanna
se sentía sola y probablemente necesitada de afecto.
Él conocía muy bien ese sentimiento. Pero tenía el
suficiente sentido común como para saber que no lle-
naría ese vacío con una sesión de sexo tórrido.

Pero aun así, había algo extrañamente erótico en
que una mujer albergara a su hijo en su vientre. Él era
responsable de la vida que crecía en su interior. Había
sido su semilla la que había cambiado la perfecta vida
de Joanna.

–Si no es gratitud, ¿de qué se trata? –preguntó con
aspereza.

Joanna volvió a notar los ojos llenos de lágrimas y
a pesar del calor sintió dentro de sí un frío helador. Se
sacudió las manos de Matt de los hombros y retroce-
diendo, dijo:

–Lo siento. Es evidente que he cometido un error.

Se abrazó a sí misma para entrar en calor. No debía
haber dado aquel paso; se había equivocado al creer
que Matt todavía sentía algo por ella.

Sin mirarlo, fue a tomar la toalla y el pareo, pensando que se sentiría menos insegura si al menos
se tapaba. Pero él le sujetó el brazo y la obligó a gi-
rarse:

–¿Qué es lo que quieres ahora? –exigió saber. Y la acumulación de emociones hizo que Joanna temblara.

–Yo... Te deseo, Matt –dijo con un hilo de voz.

Y las defensas de Matt colapsaron.

Ahogando un gemido, estrechó a Joanna entre sus brazos y la besó, que era lo que llevaba queriendo hacer desde que la había sacado del agua. Joanna temió que las piernas no la sostuvieran y se asió a la cintura de Matt para mantener el equilibrio.

Un escalofrío le recorrió la espalda en anticipación de lo que aquel beso prometía; el corazón le latía sonoramente, hasta casi ensordecerla. Le golpeaba el pecho con tanta fuerza, que estaba segura de que Matt podía sentirlo, y su piel, que un instante antes estaba fría, ardió como su sangre, que fluía por sus venas como oro líquido.

Matt alzó la cabeza y miró a Joanna con un intenso deseo. Luego agachó la cabeza y dibujó un círculo con la lengua alrededor de su pezón, que se endureció automáticamente, sin que la tela del bañador sirviera de barrera a su boca

Con un gemido, Joanna se bajó los tirantes y expuso sus senos a la vista de Matt. Él le pasó los nudillos por las endurecidas puntas y susurró, mirando a Joanna fijamente:

–¡Eres tan hermosa!

Ella tragó saliva antes de decir, temblorosa:

–¿Estás seguro de que esto es lo que quieres?

–Pensaba que era lo que tú querías –dijo él con brusquedad.

–Claro que lo quiero –dijo ella. Y con un gruñido sofocado, Matt la tomó en brazos y fue hacia la sombra de los árboles.

Extendió la toalla como lecho improvisado y dejó en ella a Joanna.

–¿Estás segura de que no es malo? –musitó–. ¿No te haré daño?

–No te preocupes, no soy de cristal.

En silencio, Matt se quitó los pantalones y acabó de retirar el bañador de Joanna. Cuando se echó sobre ella, entre sus piernas, Joanna le tomó el rostro y recorrió sus labios con la lengua. De pronto el tiempo se paró, ya no sabía dónde estaba. Solo sabía que aquel era el lugar en el que quería estar.

Los besos de Matt se intensificaron hasta que Joanna prácticamente perdió la consciencia. Recorrió con las manos el pecho de Matt, enredó sus dedos en el vello de su ingle y lo acarició susurrando:

–Solía gustarte que te hiciera esto –y como respuesta, sintió el gemido distorsionado de Matt contra su cuello.

Temblando, él le retiró la mano y le separó las piernas.

–¡Dios mío, Jo! Me vuelves loco. Esto es una locura, pero no quiero que acabe.

Joanna contuvo el aliento al ver que Matt se deslizaba hacia abajo hasta ocultar el rostro entre sus muslos. Apenas la rozó, alcanzó el clímax. Matt continuó lamiendo su apretado centro y Joanna volvió a perder el control.

Matt entonces la acarició con los dedos, separando sus pliegues, y ella se arqueó contra su mano, jadeante.

–Por favor –suplicó, sujetándolo por el cabello y haciéndole subir para reclamar sus labios–. ¡Te quiero dentro! ¡Ahora!

Matt resopló.

–¿Crees que no quiero? –Matt se pasó la lengua por los labios, saboreando la esencia de Joanna–. No he pensado en otra cosa desde que viniste.

A Joanna le costaba creerlo, pero Matt estaba ya inclinándose sobre ella, tratando de no hacerle daño. Ella estaba tan húmeda y lubricada, que Matt la pudo penetrar suave y lentamente. Pero en cuanto sus músculos se amoldaron a él, se adentró profundamente en su interior.

Fue maravilloso. Familiar, pero desconocido; e intensificado por los meses que habían estado separados. La músculos de Joanna se contraían en torno a su miembro como un guante de terciopelo; se ajustaban tan perfectamente, tan ceñidos, que los sintió como la primera vez que habían hecho el amor, siendo Joanna virgen.

Ella se abrazó a él; el olor de su excitación la envolvió en una neblina de pasión. Los labios de él buscaron los suyos; sus lenguas se entrelazaron en un frenético baile. Los susurros y gemidos de Joanna se sumaban al placer de Matt, que perdió el control. Asiendo las redondas curvas de sus nalgas, le alzó las caderas para acomodar su sexo y poder penetrarla más y más profundamente.

En cuanto los músculos de Joanna volvieron a contraerse, Matt estalló en un violento clímax. Su último pensamiento coherente fue que debía retirarse para no aplastarla. Y lo hizo...antes de sucumbir al agotamiento de los últimos días y de que sus párpados se cerraran.

Capítulo 19

MATT dedujo que se había quedado dormido porque, cuando abrió los ojos, Joanna se había puesto el bañador y se inclinaba sobre él, sacudiéndolo.

–Te están llamando. Será mejor que te vistas –susurró ella.

Matt habría querido decir que le daba lo mismo, pero pensó que debía evitar la situación embarazosa de que alguien del servicio lo encontrara desnudo.

–¿Quién es? –preguntó, incorporándose y tomando su pantalones–. ¿Henry?

–No, creo que es Teresa –replicó Joanna en voz baja.

Matt se vistió apresuradamente.

–¿Estás bien? –preguntó Joanna nerviosa.

–Creo que sí. ¿Y tú?

La pregunta era sencilla, pero la respuesta no lo era. Sí, Joanna se sentía maravillosamente, pero no sabía qué consecuencias emocionales tendría lo que acababa de pasar.

–Creo que sí –dijo a su vez. Y se echó la toalla por los hombros–. Será mejor que vuelva a casa.

Matt se encogió de hombros con expresión tensa y Joanna se preguntó si se estaba arrepintiendo de lo que había hecho. En su caso, no era así. Solo sabía que sentía una ansiedad que no había experimentado nunca.

Pero antes de que Matt dijera nada, Teresa apareció en el embarcadero con gesto preocupado. En cuanto los vio juntos, sonrió de oreja a oreja.

–¡Por fin aparece, señora Novak! ¡Estábamos tan preocupados!

–Lo siento... –empezó Joanna, pero Matt la interrumpió.

–La señora Novak ha decidido darse un baño. Estoy seguro de que se disculpará por no haber avisado a nadie.

Matt habló sin mirar Joanna, quien, sonriendo a Teresa, dijo:

–Tiene razón. Lo siento. Pero hacía una mañana preciosa y llevaba días queriendo nadar.

Teresa frunció el ceño.

–Siempre puede usar la piscina –miró a Matt como si esperara que confirmara sus palabras, pero cuando este no dijo nada, añadió–: Lo importante es que esté bien.

Joanna confió en que su cabello revuelto y la arena que notaba en las piernas no la delataran, y que Teresa solo pensara que había estado echada en la playa después del baño. En cualquier caso, esta añadió, indicando la villa con la cabeza:

–Será mejor que vuelva a la cocina. Me queda mucho que hacer para las visitas.

Y tras sonreír de nuevo, se fue.

Joanna comentó con curiosidad.

–No sabía que esperaras visita.

–Porque no creo que te alegre saber de quién se trata –dijo Matt con aparente indiferencia.

Joanna creyó adivinar de quién se trataba, pero al ver que Matt no decía nada más, se sintió excluida del plan. Reuniendo sus cosas, dijo:

–Da recuerdos a tus padres. Y dile a tu padre que si quiere hacerme una visita, me encantará verlo.

–Vale –dijo Matt con un resoplido–. Nos veremos mañana.

–Dudo que tengas tiempo –dijo Joanna sin poder disimular su amargura–. No creo que tu madre quiera volver a verme.

Matt suspiró.

–Que mi madre venga no tiene nada que ver con nosotros. Lo que pasó, pasó, Jo. Los dos lo sabemos. Me deseabas, y siempre se te ha dado bien conseguir lo que quieres.

–Al menos así sé a qué atenerme –dijo Joanna en tensión, a la vez que se envolvía en la toalla–. Ya sé que no estoy particularmente atractiva, pero te agradecería que no me hicieras sentir como una mujer desesperada.

No era eso lo que Matt había pretendido, y se sintió culpable.

–No te estaba criticando –masculló con impaciencia–. Pero es hora de que decidas qué quieres de mí, Joanna.

Joanna contuvo las lágrimas a duras penas.

–Ve a prepararte para tus invitados. Seguro que son mejor compañía que yo.

–Lo dudo –dijo Matt, dulcificando el tono–. Mi madre ha pensado que el viaje le sentaría bien a mi padre.

–Ah –Joanna se llevó la mano al pecho–. ¿Pero saben que estoy aquí?

–Sí –Matt le echó el pareo por los hombros. Estuvo tentado de besarla la curva del cuello pero se contuvo. Con expresión preocupada, preguntó–: ¿Estás bien? ¿No te he hecho daño?

–No –contestó Joanna, aunque el dolor que sentía en el pecho contradijera sus palabras.

Matt suspiró profundamente y miró hacia la villa.

No estaba orgulloso de que lo que había hecho, y menos después de haberse jurado que no volvería a suceder. Sin embargo, después de haber disfrutado del sexo más maravilloso de toda su vida, intentaba culpar a Joanna de su propia debilidad.

¿Por qué demonios tenía que ser tan sexy? Nunca había deseado a ninguna otra mujer como a ella. ¿Se trataría de una adicción para lo que no había cura? Prefería no saber la respuesta.

—Bueno, si estás bien, será mejor que me vaya —dijo, intentando relajar la situación. Se miró las piernas cubiertas de arena y luego las de ella—. Los dos necesitamos una ducha. ¿Quieres que Henry te lleve en coche?

—Prefiero caminar —dijo Joanna a pesar de que le temblaban la piernas—. Dale recuerdos a tu madre. Seguro que sabe que lo digo con sarcasmo.

—¡Jo!

Pero ella no se detuvo y Matt decidió dejarla ir. Los dos necesitaban tiempo para reflexionar.

En cuanto llegó a casa, Joanna se preparó un baño porque, a pesar de lo que le había dicho a Matt, le dolía levemente la espalda.

Callie llamó a la puerta cuando se estaba secando.

—¿Quiere un té helado, señora Novak? —preguntó con timidez, como si se sintiera culpable por el revuelo que había causado al no encontrarla.

Joanna se envolvió en la toalla y abrió la puerta.

—Sí, muchas gracias —y Callie sonrió aliviada—. Siento haberte asustado antes. Saldré en diez minutos.

Dado el intenso calor, Joanna decidió ponerse un fresco caftán en diferentes tonos verdes que había comprado en una de sus excursiones a la ciudad, y se dejó el cabello suelto. Estaba segura de que aquel día solo vería a las dos mujeres que la asistían, puesto que Matt estaría ocupado. Y decidió aprovechar para ponerse al día con el mundo exterior.

Salió al porche con el ordenador y se instaló en la mesa donde Callie le había dejado el té y unas pastas recién horneadas. Joanna probó una, diciéndose que si seguía comiendo así, iba a engordar y que a David no le gustaría tener una socia obesa.

Pensar en él le llevó a recordar que, una vez naciera el bebé, volvería a Londres. La idea ya no le resultaba nada atractiva, pero sabía que sería una ingenuidad creer que Matt iba a cambiar de opinión respecto a ella. Notaba al bebé moverse enérgicamente en su interior y cuando le dio una patada especialmente fuerte, se preguntó si el niño no se estaría vengando en nombre de su padre.

Después de tomar una pasta y dar unos sorbos al té, Joanna abrió la cremallera de la funda del ordenador.

La última vez que lo había usado, había echado un ojo a algunos de los correos de su padre confiando en encontrar alguno en el que se refiriera al accidente y a cómo había reaccionado. Pero su padre debía haber mantenido su correspondencia profesional en una carpeta encriptada cuya contraseña ella desconocía.

Lo único que le había llamado la atención era un correo de una casa de apuestas en la que se le exigía el pago de una deuda. Evidentemente, quien lo había mandado no sabía que Angus había muerto, y sabiendo la mala opinión que su padre tenía del juego, ella había asumido que se trataba de un error. También había pensado en comentarlo con Matt, pero después del episodio de aquella mañana, dudaba que fuera a hacerlo.

Al sacar el ordenador, un papel cayó al suelo. Al recogerlo, Joanna vio que era una carta que debía haber quedado guardada en alguno de los compartimentos. Y por el estado en el que estaba, debía de ser muy antigua.

Efectivamente, al mirar la fecha Joanna silbó entre dientes. Había sido enviada en junio de 1980, casi cuarenta años atrás. ¿Por qué guardaría su padre una carta que debía pertenecer a sus tiempos de estudiante?

¿Sería de su madre? Empezaba: *Querido Angus.* Joanna le dio la vuelta, asumiendo que encontraría la firma de su madre. Pero lo que leyó fue: *Con todo mi amor, Adrienne.*

¡Adrienne!

La dirección del remitente era Girton College, Cambridge. Pero su madre había ido a la universidad en Londres. ¿Habría tenido su padre una relación con aquella mujer antes de conocer a Glenys? ¿Sabría su madre de la existencia de Adrienne?

Joanna volvió al principio de la carta y leyó:

Querido Angus:
Me resulta doloroso escribirte esta carta, pero no puedo volver a verte. Hemos pasado momentos maravillosos y te voy a echar terriblemente de menos. Pero como yo, sabes que lo nuestro es imposible. Yo debo volver a Estados Unidos para casarme con Oliver...

Joanna alzó la cabeza, boquiabierta. ¡Oliver! ¿Era una carta de Adrienne Novak? Continuó leyendo:

Mi familia cuenta con ello. Oliver ha prometido ayudar económicamente a mi padre, y sabes muy bien, querido, que yo no podría vivir modestamente. Cuando acabe la semana volveré a Nueva York. Pero

*antes quería desearte toda la felicidad del mundo.
Estoy segura de que tú y Glenys...*

Joanna pensó que los ojos iban a desencajársele.
Una cosa era sospechar que su padre hubiera tenido
una aventura y otra, confirmarlo.

*...os caséis, tal y como habíais planeado. No
creo que ni tú ni yo nos tomáramos nuestra relación
en serio. Al menos, yo no. Somos muy diferentes, Angus. Ha sido divertido mientras ha durado, pero como
todo lo bueno, debe acabar.*

Joanna estaba en estado de shock. Dudaba que su
madre supiera nada de aquello, y convertía en pura hi-
pocresía su indignación cuando Glenys se había ido.

Se preguntó por qué habría conservado la carta
todos aquellos años. ¿Había pensado usarla en su propio beneficio? Esa posibilidad ponía su comportamiento bajo una nueva perspectiva.

¿Era aquella la razón de que Adrienne siempre la
hubiera odiado? ¿Temía que Angus le contara a Oliver que habían tenido una relación? Debía de haberle
parecido que el destino le jugaba una mala pasada
cuando descubrió que su hijo se había enamorado de
la hija de Angus. ¿Sería por eso que siempre había
intentado distanciarlos?

¿Era esa también la razón de que su padre hubiera
estado tan interesado en fusionar su empresa con NovCo
o de que inicialmente se había opuesto a que se casara
con Matt? ¿Tenía ella que revaluar las acusaciones que
había vertido su padre contra Matt y su padre?

Capítulo 20

JOANNA estaba en la cocina charlando con Rowena, cuando Callie entró anunciando que tenía una visita.

—Es el señor Novak. Lo ha traído mi abuelo.

Joanna la miró desconcertada hasta que se dio cuenta de que se trataba de Oliver. Los Novak habían llegado dos días atrás y sabía por Callie que, aunque pasaba la mayoría del tiempo en una silla de ruedas, estaba muy animado.

Joanna fue al salón pero Oliver Novak, en silla de ruedas, y Henry, a su lado, con una sonrisa de orgullo, la esperaban en el porche.

—¡Aquí está! —dijo Oliver con tan solo un leve temblor en la voz como rastro del ictus—. ¡Qué alegría, Jo! Ven a darme un beso.

Joanna lo saludó calurosamente.

—Yo también me alegro de verte. No coincidimos desde hace casi dos años.

—Por lo menos —Oliver miró entonces a Henry y dijo—: Ve a ver a tu nieta. Te avisaré cuando quiera irme.

—Muy bien, señor Novak.

—¿Puedes pedirle a Rowena que nos traiga un té helado? Seguro que el señor Novak tiene sed —dijo Joanna a Henry.

—Mejor una cerveza —masculló Oliver, pero tanto

Joanna y Henry hicieron como que no le oían. Era demasiado temprano para beber alcohol.

Cuando Henry se fue, Joanna se sentó junto a Oliver y sonriendo, preguntó:

–¿Cómo estás? Matt ha estado muy preocupado por ti.

–¿Ah, sí? –Oliver le dio una palmadita en la mano–. Me importa más saber cómo estás tú. Cuando Matt me dijo que estabas embarazada no podía creérmelo.

Joanna se ruborizó.

–Yo tampoco –admitió.

–¿Pero estás contenta?

–¡Feliz!

–¿Aunque Matt sea el padre?

«Especialmente porque Matt es el padre», pensó Joanna, pero se guardó el comentario.

–Estamos intentando resolver algunos de nuestros problemas.

Oliver la observó pensativo antes de decir:

–Sentí lo de tu padre. Aunque no fuéramos amigos, no le deseaba ningún mal.

–Gracias.

–Pero tengo que decir que os hizo mucho daño a Matt y a ti, y espero que este bebé sirva para cerrar las heridas entre vosotros.

Joanna suspiró.

–Oliver... –empezó. Pero Rowena llegó en ese momento con la bebida.

Joanna agradeció la interrupción porque estaba segura de que Oliver no había acudido solo a saludarla, y no estaba segura de estar preparada para lo que pudiera decir.

Dejando el té a un lado, Oliver la miró fijamente.

–Sé que Matt y tú habéis tenido problemas –dijo con voz queda–, pero he venido a decirte que tu padre no era tan inocente como decía –suspiró–. Matt te ocultó información para protegerte. Y cuando intentó explicarte lo que había pasado, no le escuchaste.

Joanna se removió en el asiento, incómoda.

–Oliver...

–No, escúchame –era evidente que estaba decidido a seguir, pero a Joanna le alarmó que se le enrojecieran las mejillas–. Tu padre me odió desde que me casé con la madre de Matt. ¿Sabías que Adrienne y él habían tenido una relación mientras ella estaba en Inglaterra?

Joanna lo miró perpleja.

–¿Lo sabías?

Oliver asintió.

–Me extraña que él te lo contara. Ya da lo mismo –continuó con firmeza–. Angus debía de haber sabido que mi padre era tan astuto como yo, y que John Novak sabría todo lo que Adrienne había hecho antes de dejar que se casara conmigo

–No sé qué tiene eso que ver con...

–Tiene todo que ver con la actitud de tu padre hacia Matt, Joanna. Angus sabía que su empresa pasaba por dificultades antes de que te casaras con mi hijo, e inicialmente le bastó con que Matt salvara su negocio.

–Estaba muy agradecido.

–¿Sí? –dijo Oliver sarcástico–. Pues el agradecimiento le duró poco.

–Si te refieres al accidente...

–Por supuesto que sí –Oliver tomó un trago de té–. Fue una desgracia que coincidiera con que le diagnosticaran un cáncer terminal, pero eso no justifica que te mintiera sobre Matt.

–Si es que mintió... –masculló Joanna. No quería discutir. El bebé estaba agitado y hablar de su padre la alteraba.

Pero Oliver estaba decidido a seguir hablando.

–Matt hizo todo lo que pudo para salvar la reputación de Carlyle –continuó crispado–. Pero los códigos del acero que usó para construir la plataforma no mienten.

Joanna inclinó la cabeza.

–Supongo que hablas como padre de Matt.

–Matt es un hombre honesto. Me temo que no puedo decir lo mismo de Angus Carlyle.

Joanna notó que a Oliver le faltaba el aliento y trató de cambiar de tema ofreciéndole más té. Pero Oliver continuó:

–No sabías que tu padre era ludópata, ¿verdad, Jo? –era evidente que le costaba hablar–. Dios mío, cuánto dolor causó ese hombre.

Matt no estaba precisamente de buen humor.

Sus padres habían llegado dos días antes, y aunque le había alegrado comprobar cuánto había mejorado su padre, la actitud de su madre lo estaba sacando de quicio.

Cada vez que podía criticaba su decisión de haber hecho ir a su exmujer a la isla. Afortunadamente, su padre no coincidía con ella, y aquella misma mañana había ido a visitarla.

Inevitablemente, Matt se preguntaba qué le contaría a Joanna.

Cuando Oliver se había enterado de que el padre de Joanna culpaba a NovCo del accidente en Alaska, se había enfurecido. Todos sabían, Angus incluido, que los materiales que había usado habían sido adquiridos por Carlyle. Pero para cuando Matt llegó a Nueva York, Angus le había contado su propia versión a Joanna. Y ella le había creído cuando acusó a Nov-Co de utilizarlo para proteger sus propios intereses.

La traición de Angus había dejado a Matt perplejo. Aun así, había pasado varias semanas intentando salvar la reputación del anciano. Angus estaba agonizando y lo último que Matt quería era que en su obituario se mencionara que había cometido un fraude.

Por supuesto, Joanna no le había creído, porque, según ella, su padre nunca mentía. Pero lo peor había llegado cuando Angus le dijo a Joanna que su marido le había ocultado información, retando a Matt a que desvelara su adicción al juego a su esposa.

Como era lógico, él no lo había hecho. Angus se había tirado un farol porque sabía que no se arriesgaría a profundizar la brecha que se había abierto entre Joanna y él desvelándole que su padre era adicto al juego, y cuando Joanna había exigido que le contara a qué se refería su padre, él había tenido que negar que lo supiera.

Angus había apostado hasta el último instante de su vida

Matt frunció el ceño. Temía estar perdiendo el tiempo al confiar en que Joanna acabara quedándose con él a pesar de lo que decía. Porque ¿si no le había creído en el pasado, por qué lo haría en el presente?

Estaba en el despacho, intentando terminar un artículo, y cuando su madre irrumpió en la habitación sin avisar, tuvo que reprimir el impulso de echarla.

–¿Qué pasa? –preguntó con aspereza–. Si vienes a...

–¡Tienes que venir! –lo interrumpió ella–. Powell dice que tu padre está mal. Debe de haber discutido con Joanna y ha tenido que echarse.

Matt se puso en pie de un salto y corrió hacia la puerta. A su espalda, su madre gritó:

–Te lo dije. Esa mujer solo ha causado problemas.

Matt encontró a su padre durmiendo, pero al ver

que tenía buen aspecto dedujo que solo se había cansado. Joanna lo atendía con gesto de ansiedad.

–Ha sido culpa mía. Estaba hablando de mi padre –se humedeció los labios y mirando a Matt dijo–: Me ha dicho que papá era ludópata. ¿Es verdad?

–Claro que es verdad –contestó Adrienne, que había seguido a Matt.

Este les indicó a ambas que salieran del cuarto.

–Ahora no –dijo, mirando amenazadoramente a su madre. En aquel momento le inquietaba más Joanna que su padre–. He hecho llamar al doctor Rodrigues. Llegará enseguida.

Para cuando llegó, Matt había hecho que Joanna tomara algo y se instalara en una tumbona en el porche. Había conseguido que su madre volviera con Henry a la villa.

Antes de que el médico bajara del coche, Matt fue a hablar con él en privado porque le preocupaba lo alterada que estaba Joanna.

El médico fue a ver a Oliver en primer lugar y coincidió con Matt en que solo se trataba de cansancio. Sin embargo, cuando tomó la tensión a Joanna, puso cara de preocupación y dijo que debía descansar las siguientes veinticuatro horas.

–¿Quiere decir que debo guardar cama? –preguntó Joanna.

–Sería lo mejor –dijo Rodrigues mirándola con inquietud–. ¡Con lo bien que estaba el otro día! ¿Qué ha hecho para que le haya subido la tensión tanto? ¡No habrá realizado ningún ejercicio violento!

–No –Joanna miró a Matt con gesto de culpabilidad–. Solo camino a diario.

Matt apretó los labios.

–¿Está enferma?

–No –el médico sacudió la cabeza–. Pero tiene la

tensión más alta de lo que debería para el momento del embarazo en el que está. No es grave, pero si queremos evitar complicaciones, debe reposar y evitar cualquier tipo de tensión.

Matt lo miró angustiado.

—¿Pero está bien?

—Perfectamente. El niño también —lo tranquilizó Rodrigues—. Como sabe, mi mujer es comadrona. Si quiere, puede venir a pasar un par de días con ustedes.

—Sería magnífico —se apresuró a decir Matt—. También debería instalar a Joanna en la villa. Hay más espacio y podré atenderla mejor.

Joanna se mordió el labio inferior.

—¿Es necesario? —la idea de pasar tiempo con Adrienne la horrorizaba.

—Es lo mejor, señora Novak —dijo Rodrigues—. Tengo la impresión de que el niño no va a tardar en nacer.

—¡Pero si faltan tres semanas! —protestó ella.

—La fecha puede variar —dijo Rodrigues—. Así que si al señor Novak le parece bien, lo mejor sería que cuiden de usted en la villa.

—Por supuesto —dijo Matt. Y tomando la mano de Joanna, añadió—: Tranquila, Jo. Yo me ocuparé de todo.

Instalaron a Joanna en el dormitorio que había ocupado la primera noche, tras el susto con el jutía. Matt sabía que su resistencia a ir a la villa se debía en parte a la presencia de su madre. Y suponía que después de la conversación con su padre, tampoco tendría ganas de ver a este.

Lo cierto era que Joanna no podía olvidar lo que Oliver le había contado. Por algún motivo, oír de sus labios que su padre era ludópata le había hecho creer que era verdad. Oliver no tenía ningún motivo para mentir, y menos en aquel momento. El juicio había acabado hacía años y la multa había sido pagada.

Cabía la posibilidad de que estuviera defendiendo a su hijo, pero tras leer el correo en el ordenador de su padre, Joanna pensaba que todo parecía encajar.

Su padre jamás le había hablado de su relación con Adrienne. Pero que Oliver sí supiera de su existencia la libraba de tener que guardarse ese secreto para sí.

Echando la vista atrás, supuso que cuando apareció en Miami, Matt debía haber pensado que lo hacía porque finalmente había reflexionado y aceptaba que su versión no se correspondía con toda la verdad. En lugar de eso, ella había mantenido la convicción de que era su padre quien tenía razón en lugar de creer en la palabra del hombre al que amaba.

¡El hombre al que amaba!

Joanna se quedó sin aliento. ¿Era eso cierto? ¿Había dejado de amar a Matt alguna vez? ¿Podía tener la esperanza de que él le diera otra oportunidad? ¿Se atrevería a decirle que se arrepentía de haberle pedido el divorcio?

Matt fue a verla después de la cena. Por suerte para Joanna, la única otra persona que apareció fue Elsa Rodrigues, la esposa del médico y comadrona, que coincidió con su marido en que el bebé se podía adelantar.

Matt pensó que Joanna nunca había estado más hermosa; que el embarazo había dotado su rostro de una nueva dulzura. Durante toda la semana anterior había estado tentado de preguntarle qué era lo que quería de él. Porque por su parte, cada vez le resultaba más fácil explicar qué quería.

Sabía que su madre pensaría que estaba loco si

decía que quería volver con Joanna, aun sabiendo que corría el riesgo de que la buena relación que había establecido en las recientes semanas se debiera exclusivamente al bebé.

Sentándose en el borde de la cama, la miró atentamente.

—¿Cómo te encuentras? —preguntó—. Apenas has probado bocado.

—No tengo hambre —dijo Joanna, permitiendo que Matt le tomara la mano—. Siento estar creando problemas.

—No es ningún problema —dijo Matt con dulzura—. Además, mis padres se van mañana. Siento que mi padre te disgustara. Debía de haber adivinado que tenía la intención de contarte algo, e impedirle que fuera a verte.

—Yo me alegro de que viniera —dijo Joanna vehementemente—. No tenía ni idea de que...

Calló súbitamente y se llevó la mano al abdomen. Un dolor agudo le había atravesado el vientre.

—¿Qué pasa? —preguntó Matt alarmado.

—Nada —mintió Joanna, masajeándose los riñones—. Tengo molestias a menudo, pero no sueles estar conmigo para verlo.

—Pero me gustaría estar —dijo Matt con la voz teñida de emoción—. De hecho, me gustaría que te quedaras aquí hasta que nazca el bebé.

—A mí también... —empezó Joanna, pero volvió a tener una punzada de dolor que le cortó la respiración. Consiguió susurrar—: Puede que pase antes de lo que crees.

Matt corrió hasta la puerta y gritó a Rowena que fuera a buscar a la señora Rodrigues, al tiempo que sacaba el móvil y mascullaba:

—Si Jacob no está, volaré el helicóptero yo mismo.

–No creo que haya tiempo –dijo Elsa Rodrigues, entrando antes de que hiciera la llamada–. Yo diría que el bebé va a nacer dentro de las próximas dos horas. Creo que debemos prepararnos para el parto.

Matt miró a Joanna.

–Jo, no quería que llegáramos a esto –dijo angustiado.

–Ni yo –musitó Joanna. Y gimió al sentir un nuevo espasmo. Miró a Matt con los ojos anegados en lágrimas y añadió–: Por favor, quédate conmigo y tómame la mano.

Capítulo 21

MATT estaba sentado en el porche cuando el doctor Rodrigues fue a buscarlo. Había intentado dormitar un rato, pero los acontecimientos de las últimas diez horas lo habían cargado de demasiada adrenalina como para dormir. La luz de la mañana se reflejaba en las hojas de las palmeras y arrancaba destellos al mar.

–Joanna está despierta –dijo el médico–. Su madre la acompaña.

–¿Mi madre?

Matt se puso en pie de un salto. ¿Qué demonios hacía allí? Había dejado a Joanna hacía cuatro horas, exhausta, y Matt había agradecido a Elsa que se llevara al bebé para que pudiera descansar.

Por su parte, todavía estaba asimilando la noticia de que era padre. Siempre había pensado que un parto duraba horas, pero se había equivocado. Joanna había tenido suerte. Y aunque había dado a luz sin anestesia, en cuanto vio la carita del bebé, olvidó el doloroso proceso.

El niño peso más de tres kilos, pero parecía terriblemente frágil. Y por unos minutos, sentado en la cama con Joanna, Matt sintió que formaban una verdadera familia.

Entonces Elsa había insistido en que dejara descansar a Joanna, y él había prometido volver en cuanto despertara. Pero, aparentemente, su madre se le había adelantado. Y Matt temía que sus intenciones no fueran amistosas.

Al entrar le alarmó oír el volumen de las voces que llegaban del dormitorio de Joanna. La más alta era la de su madre. La de Joanna, mucho más débil. ¿Qué demonios estaba pasando?

Al tiempo que abría la puerta, oyó decir a su madre en tono agresivo:

–Matt no va a cambiar de idea.

Joanna respondió mucho más pausadamente:

–La decisión la tenemos que tomar nosotros, no tú.

–Eso lo veremos –dijo Adrienne en tono amenazador.

Pero Matt había oído suficiente.

La imagen que tenía ante sus ojos lo llenó de una mezcla de aprensión y ternura. Joanna sostenía al bebé contra su pecho mientras que Adrienne se inclinaba sobre ella como si estuviera a punto de arrebatárselo.

–¿Qué está pasando aquí? –preguntó, dirigiendo una mirada fulminante a su madre–. ¿No crees que Joanna ya ha tenido bastante como para que le montes una escena?

Adrienne se separó de la cama al instante y con una sonrisa forzada dijo:

–Matt, no te había visto –se humedeció los labios–. Te equivocas, no pretendo causar una escena. El problema es que Joanna no quiere escucharme.

Joanna guardó silencio. Sabía que no valía la pena discutir con la madre de Matt, y miró al bebé, preguntándose cómo había sido tan ingenua como para creer que Adrienne había acudido para reconciliarse con ella.

Al ver que no se defendía, Matt se volvió hacia su madre.

–Joanna necesita descansar.

–No he venido a molestarla –replicó Adrienne–. Pero si quieres formar parte de la vida de este niño, vas a tener que imponerte.

Matt frunció el ceño.

–¿Y cuál es tu papel en todo esto?

–Soy la abuela del niño. Si dejas que Joanna se lo lleve a Inglaterra puede que no vuelvas a verlo.

Matt contuvo el aliento con gesto de desesperación.

–El bebé tiene cinco horas de vida, mamá. Tenemos tiempo de sobra para pensar en el futuro.

–¡Cómo puedes ser tan inocente, Matt! No me refiero a que pidas su custodia ahora mismo. Solo me limito a...

–Hace apenas dos días dudabas de que fuera el padre del niño –dijo Matt crispado–. Será mejor que vayas con papá. Cuando Joanna y yo tomemos una decisión, te la notificaré.

Que Matt y su madre hablaran del bebé como si ella no estuviera, hizo que Joanna se sintiera invisible. Pero si algo tenía claro, era que nadie iba a quitarle al bebé.

Adrienne todavía le dirigió una mirada de animadversión, y Joanna se preguntó si temía que le contara a Matt que había tenido una aventura con su padre. Que Oliver lo supiera no significaba que se lo hubiera dicho a Adrienne. Y de pronto sintió lástima de ella.

Adrienne fue hacia la puerta diciendo:

–Está bien, me voy. Pero no olvides que tu padre y yo queremos lo mejor para ti.

Cuando estaba a punto de salir apareció Elsa.

–Siento molestar pero, ¿está todo bien? El bebé...

–Perfectamente –dijo Matt acercándose a la cama–. ¿Te importa que Elsa se lo lleve un momento, Jo? Pareces muy cansada.

Joanna miró a Elsa con ojos llorosos.

—Por favor, no dejes que la madre de Matt se lo lleve. Es todo lo que tengo.

—Me tienes a mí —dijo Matt tomándole el rostro entre las manos—. Y nadie va a hacer nada que tú no quieras —tras una pausa, repitió—. Pero es mejor que Elsa se lo lleve un rato.

—Yo puedo cuidar de él —dijo Adrienne.

Matt la miró con reprobación.

—Ahora no. Es mejor que te vayas —al ver que iba a protestar, Matt dijo con firmeza—: Tienes que hacer el equipaje.

—¡Matt!

El doctor Rodrigues apareció detrás de su esposa.

—Se les oye desde el porche, señor Novak. Le he dicho que Joanna necesita reposo.

Matt suspiró.

—Lo sé. Lo siento.

—Sea lo que sea lo que tiene que hablar, seguro que puede esperar a que Joanna esté más fuerte.

Matt miró a su madre fijamente.

—Te estabas yendo, ¿verdad, mamá?

Su madre no quiso discutir delante de extraños y finalmente, para alivio de Joanna, Matt los acompañó hasta la puerta. Luego volvió junto a ella.

—Lo siento mucho —dijo con la voz quebrada, acariciando la mejilla de Joanna—. Siento muchas cosas. No pensaba contarte la verdad sobre tu padre, y menos en un momento tan delicado.

Joanna le cubrió la mano con la suya y lo miró con expresión angustiada.

—Pero es verdad que era ludópata ¿no? —musitó—. Eso explica muchas cosas.

—Me hizo jurar que no te lo diría. ¿Ahora me crees?

Joanna se sorbió la nariz.

–Matt, desde que llegué a la isla he querido olvidar el pasado. No he pretendido alejarte de mí.

–Eso he querido creer, pero temía estar interpretando erróneamente tus gestos –dijo Matt con voz ronca–. Cuando se desea algo tanto, uno teme estar engañándose.

Joanna le apretó la mano.

–¿Podrás perdonarme?

–Los dos hemos cometido errores. ¿Por qué crees que quería que vinieras? Quería que estuviéramos juntos... Y confiaba en que decidieras quedarte.

–Y así es –dijo ella con vehemencia–. Nunca pensé que llegaría a cambiar de idea, pero ahora no quiero irme.

Matt sacudió la cabeza.

–Cuando me fui de tu apartamento en Londres, pensé que habíamos acabado.

–Yo también.

Matt hizo una mueca.

–Pero no me habría dado por vencido. Sabes que te amo. Siempre te he amado.

–¿Lo dices en serio?

–Claro que sí. Te amo –Matt le tomó la mano y se la besó–. Quiero que volvamos a casarnos. No puedo perderte.

–Matt, yo también te amo –Joanna quería decirle tantas cosas... pero tendrían que esperar–. No debía haber dejado que mi padre se interpusiera entre nosotros.

–Pero, después de todo, era tu padre –dijo Matt con dulzura–. Yo confiaba en que la verdad saliera finalmente a la luz.

–¿Me perdonarás por haber dudado de ti? Prometo hacer penitencia el resto de mi vida.

–Haré que cumplas tu palabra –Matt la estrechó en

sus brazos y la besó hasta dejarla sin aliento–. Solo necesitaba oírte decir que me amabas. Y estar contigo y con nuestro hijo el resto de mi vida.

–Estoy tan feliz de que hayas estado en el parto. Cuando sea mayor podrás contárselo.

–Los dos podremos contárselo –la corrigió Matt antes de volver a besar a su... esposa.

Epílogo

UNA SEMANA más tarde, Joanna bajó con el bebé en el carrito al embarcadero.

Matt había salido a navegar por primera vez desde el nacimiento ante la insistencia de Joanna. Callie y Rowena había resultado ser las perfectas niñeras.

Adrienne y Oliver se habían ido de la isla, y Oliver estaba encantado de haber contribuido a la reconciliación de la pareja.

Por su parte, Joanna sabía que Adrienne y ella nunca llegarían a ser amigas, pero al menos la madre de Matt se había resignado a la nueva situación y había dejado de interferir en sus asuntos.

Los celos eran un sentimiento muy poderoso, y Joanna sospechaba que Adrienne habría sentido celos de cualquier mujer que le quitara a su hijo. El hecho de que además se tratara de la hija de Angus Carlyle, debía haberle resultado doblemente perturbador. Y más cuando su marido empezó a hacer negocios con él. Probablemente había vivido con el constante temor de que su relación se hiciera pública.

Joanna se había planteado si su padre había intentado destrozar su matrimonio con Matt para vengarse de Adrienne. Así que la única manera que encontró de no sentir rencor hacia él fue decirse que la enfermedad lo había transformado y le había hecho sentir amargura hacia la felicidad de los demás.

Pero eso formaba parte del pasado. Matt y ella se casarían en cuanto pudieran y acudirían a Miami a bautizar al niño.

Cuando salió de la sombra de las palmeras, notó con placer el calor del sol en los hombros. Su hijo dormitaba en la silla que Matt había hecho llevar desde Nassau el mismo día que nació. El niño era una fuente de continua felicidad para Matt y para ella, y gracias a él estaban redescubriendo las distintas facetas del amor que se profesaban el uno al otro.

Joanna oyó la voz de Henry y de inmediato vio a Matt saltar al embarcadero. En cuanto la vio, él corrió hacia ella.

—Te he echado de menos —susurró, besándola. Y con gesto de preocupación, añadió—: ¿No hace demasiado calor para ti?

—Si vamos a vivir aquí, debo acostumbrarme.

—Me encanta oírte hablar en plural. No sé cómo he podido vivir sin ti.

Joanna se abrazó a su cuello.

—No debería haber dudado de ti.

—Lo importante es que sepas que nunca te he mentido ni te mentiré.

Joanna se mordisqueó el labio.

—¿Me creerías si te dijera que nada más llegar estuve a punto de decirte que quería quedarme?

—¿Por el bebé?

—No, por nosotros.

Matt la miró fijamente.

—¿Lo dices en serio?

—Por supuesto. Pe-pero después de lo de la playa, parecías tan... distante.

Matt ahogó un gemido.

—No sabía qué decirte. Y como aparecieron mis padres, fue imposible hablar contigo en privado —tras una pausa, añadió–: Aun sí, tuviste que notar que tenía que atarme las manos para no tocarte.

En ese momento, se acercó Henry.

–¿Quieren que me lleve al niño a la villa? –preguntó, agachándose para hacerle carantoñas.

Matt sonrió.

–No sabía que fueras tan niñero, Henry.

Este se irguió y dijo:

–Pensaba que igual querían un poco de privacidad. Más aún, sabiendo que la señorita Sophie llega esta tarde.

–¡Lo había olvidado! –Matt miró a Joanna–. ¿Qué te parece? ¿Nos damos un paseo por la playa?

Joanna le pasó el carrito a Henry.

–Encantada, señor Novak. ¿Puedo usar su brazo de apoyo?

–Confío en que puedas usar todo mi cuerpo –musitó Matt, insinuante.

Y el eco de la risa de Joanna seguía sonando cuando Henry desapareció entre las palmeras.

Bianca

¡Estaba prisionera en el paraíso!

COMPROMETIDA Y CAUTIVA

CATHY WILLIAMS

Una de las empleadas de Lucas Cipriani poseía información que podría arruinar una adquisición empresarial vital… ¡Y estaba furioso! El único modo de manejar a la tentadora Katy Brennan era retenerla como prisionera en su yate durante quince días, apartada del mundo hasta que se cerrara el trato…

Katy estaba enfurecida con la actitud déspota de su multimillonario jefe… pero, a su pesar, también se sentía intrigada por el guapísimo ejecutivo. Una vez a solas con él y a su merced, Lucas empezó a permitir que Katy viera más allá de su férreo exterior. Pronto se vio sorprendentemente dispuesta a vivir una aventura prohibida… ¡y renunciar a su inocencia!

*¿Sería la noticia de su embarazo un acorde
equivocado o música para sus oídos?*

CANCIÓN
PARA DOS

CAT SCHIELD

Mia Navarro, una joven dulce y callada, se había pasado la vida
a la sombra de su hermana gemela, la princesa del pop, pero
una aventura breve y secreta con Nate Tucker, famoso cantante
y productor musical, lo cambió todo: Mia se quedó embarazada.
Sin embargo, ella no lograba decidir si debía seguir cuidando de
la tirana de su hermana o lanzarse a la vida que llevaba anhe-
lando tanto tiempo. Y cuando por fin se decidió a anteponer sus
necesidades, hubo de enfrentarse a algo aún más complicado.

Bianca

**No podía haber resistencia...
solo una rendición total**

UNA NOCHE DE ENERO

JENNIE LUCAS

La noche sin remordimientos de la camarera Belle Langtry con el despiadado playboy Santiago Velázquez no debería haber sido más que un pecaminoso y placentero recuerdo. Hasta que descubrió que el destino tenía otros planes y se encontró esperando el hijo que no había creído posible.

Santiago había rechazado la noción de la paternidad mucho tiempo atrás, por eso la noticia de Belle fue tan asombrosa. Podría negarse a confiar en ella, pero no iba a dejar que le robase el derecho de ser padre. ¿Su plan? Atar a Belle con un anillo de compromiso y esclavizarla con sus caricias.